中公文庫

酒談義

吉田健一

中央公論新社

目次

酒談義

酒と人生

加賀の金沢の造り酒屋に行った時、木を刳《く》り抜いて酒が丁度、一合入るようになっている朱塗りの、盃よりもお椀に近いものを見せてくれた。これには突き出た口が付いていて、そこから飲むのかと思うが、それが取っ手なので、そこの所を持って注いで貰った酒を飲むのである。造り酒屋の店先で飲むのだから、お燗《かん》することは許されなくて、冷酒がこの朱塗りの椀一杯で五十円である。時代がたっているので朱の色にも艶があって、酒が入るとそれが一層よく光る。この頃は椀がもう大分なくなって、一般にはガラスのコップで酒を出しているそうであるが、この朱塗りの椀で冷酒を飲みながら、酒を飲むというのはこういうものだろうかと思った。

冷酒がいいというのでは勿論ないので、飲んでいる間は旨くても、冷酒は後で足が取られそうで何となく気が許せない。併《しか》し時代が付いた朱塗りの椀で冷酒を飲むのは、言わば、無駄なものがそこにかなりあって、確かに酒を飲むならばガラスのコップでも、朱塗りの椀でも、別に違いはなさそうに思える。それにこの朱塗りの入れものは金沢の造り酒屋にしかないので、そういう風に考えて行くと、酒を飲むということそのものが既に相当な手間ではないかという感じがして来る。アルコール分で大脳を麻痺させるのが目的ならば、注射だけですむ筈であって、飲むにしても、もっと合理的に酔わせて後で頭が重くなったりしない薬品が実際に作られているのではないだろうか。そしてそのように注射をしたり、薬を飲んだりしていい気持になることが出来れば、それで構わないかと言うと、その結果がどんなものであっても、それは酒を飲んだことにはならない。もっとそこには無駄なものがなければならないのである。

だから、朱塗りの椀でその朱の艶を楽んだりするので、金沢まで行かなければそういう椀がないならば、少くとも好きなおちょこを出して来てそれで飲むとか、どんなに近所でも、自分の家ではない飲み屋まで行くとか、そんな所から飲むということが始る。そういう点から見れば、例えば葡萄酒を一本開けるのにコルクの栓に栓抜きを注意して捩《ね》じ込んで、ゆっくり抜く仕事に掛る他ないのも、寧《むし》ろ酒を飲む楽みに加えられていいので、壜《びん》から水差しに注いで出すのは安酒に決っているということとは別に、コルクの屑が壜の中に落ちないように気を付けて栓抜きを動かし、次にこれをそろそろ引き抜くのは、そうして我々をその葡萄酒の味や匂いにそれだけ手間を取らせて近づけて、焦ってがぶ飲みなどしたくても出来なくする為の手段と考えて差し支えない。そしてそこから話を更にもう一歩進めて言うならば、それ故に酒を飲むのには、酔うことさえ必要ではないのである。

大体、どこの酒でも、いい酒であればある程がぶ飲みするように出来ていない。飲み難いというのではなくて、酒は上等になるのに従って味その他が真水に近くなり、それで球磨《くま》焼酎をコップで飲んでぶっ倒れたりするのであるが、同時に、球磨焼酎でも、灘、広島の酒でも、或は一九四九年のシャトー・グリュオー・ラローズでも、水に近いだけでなくて更にその他に何かがあり、分析すればこくだとか、匂いだとかになるその何かががむしゃらに飲もうと逸《はや》る気を引き留める。本当に美しいものを前にした時、我々は先ず眼を伏せるものである。酒にもそれと似た所があって、水に近いまでに冴え返ったその正体がやがて味や匂いなどに分れて行き、それをゆっくり楽もうと思えば、ゆっくりする他ない。そしてその間にも、余計な苦労をしない程度に酔いが少しずつ廻って来るのが、酒というものの有難い所なのである。酔うのが目的なのではなくて、酔うことも酒を楽むのに必要な一つの順序に過ぎない。

いい酒というものは、そのことも考慮に入れて作ってある。外国の宴会などで、シェリーやベルモットで始って白葡萄酒、赤葡萄酒、シャンパン、コニャックという風に、量にして何リットルになるか解らない強い酒を飲んで、それでも結構、人と話をしたり、椅子に腰掛けたり、立ち上ったりして、最後に主人側に、大変愉快な一晩を過させて戴きまして、などと礼を述べて家に歩いて帰って行けるのは、飲むだけでなくて食べる方も相当だからだとよく言われるが、それぱかりでもないので、酒がそのようにゆっくりしか酔わせない性質のものなのである。だから、ウイスキーなどという下等なものを食事の時に飲むアメリカ人の宴会がどんなものか、ここで改めて説くまでもない。又、ビールとウイスキーで付き合わされる日本の洋食がどれだけ辛いか、これも余り愉快な話ではないから省くことにしたい。牛肉などの重い料理が出て来ない洋食ならば、初めから終りまで日本酒でやった方がまだましである。

この酔わせない点では、いい日本酒は上等の洋酒と同じである。酔わせないと言っただけでは解らないが、そこが実に旨く出来ているので、灘、広島、或は秋田辺りの銘酒を飲んでいると、そのうちに酔い心地がして来て、そして不思議なことに、それがいつまでもその程度で止っている。飲めば飲む程酔うのではないので、何かの拍子に酔いが醒めれば、飲んでいるうちにもとの酔い心地に戻りはしても、そこまで行けばそのままで、いつまでたってもそれ以上になることがない。つまり、酒と付き合える状態に、酒を飲んでいる間置かれている訳で、これを見ても酒を飲む場合、酔うばかりが能ではないのである。そしていい酒ならば、どうしてこういう酔わせない、又酔っていなければ適当な所まで酔わせる作用があるのか、これは造り酒屋の人に聞いても満足な説明を聞かせて貰えなかった。恐らく酒が上等ならば、先天的にそういう性質が備っていることになるのではないかと思う。酒がよければ二日酔いしないか、或は軽くてすむのと同じことなのかも知れない。

尤も、幾ら優秀な酒でも、ただひたすらに度を過すことを願って飲んでいれば、しまいには酔い心地どころではすまなくなる。どんなことになるか、具体的な例を挙げて説明すると、今は銀座の松屋裏にあるはち巻岡田という小料理屋がまだ尾張町の千《せん》疋《ぴき》屋《や》の所から入った横丁にあった頃、ここの菊正宗は強いので知られていた。勿論、まだ酒の中に政府の命令でアルコールを入れたりしなかった頃のことで、全く米だけで作った酒が強烈なのだから、これは得難い飲みものだった。一口含むと、目が覚めるようなのである。そしてこの店での仕来りでは、客が空けたお銚子は下げずに空のまま、卓子に出して置くことになっていたので、客が自分が何本飲んだか、勘定するのに都合がよかった。所で、そういう強い酒だったから、これは先ず五本飲めば充分だった。そしてそれを十本、つまり一升飲むのがこっちの長い間の念願だったのである。

それも、こうした大変な酒のことだから、時間を掛けて飲めば充分に楽めた筈なのであるが、生憎《あいにく》、その頃の岡田は午後もかなり遅くなってからでなければ店を開けなくて、そして割合に早く店を締めた。又当時、これ程の酒は他所《よそ》のどこでも売っていなかったから、一升飲みたければどうしてもそれを岡田の限られた営業時間内に飲まなければならず、それで無理をすることになったのである。五本までは、いつもやっていることだから何でもなかった。併しそろそろ急がなければならなくなって、六本、七本と飲んで行くと、いつも決って七本目と八本目の間で辺りの景色が俄《にわ》かに霞み出し、卓子の上に並んだお銚子が観兵式を始めて、その後で歯を食い縛って追加を注文しても、もう卓子のお銚子が八本になったとか、十本になったとかいうことを確認することが出来なかった。或る時、一度だけ、間違いなく十本目と数えるだけは数えて、それからどうしたか、全然覚えていない。併し店で後で聞いた話を綜合すれば、生ける屍となって家に帰ったらしい。

　ということは、いい酒のそういう風にひどい飲み方をすれば、暴れ出したり、くだを巻いたりする代りに、ただこの世から消えてなくなるだけであることを示している。そうあるべきであって、そんな勿体ない飲み方をするものは早く消えてなくなって、もっと酒を飲む資格があるものに席を譲った方がいいのである。つまり、いい酒というものはそういうことまで勘定に入れて作ってあるので、これは洋酒でも同じことである。例えば、葡萄酒やシャンパンを余り飲むと足を取られるというのはそのことを指すので、いい葡萄酒をそんな風にして飲む手はない。葡萄酒には、その材料になった葡萄に一夏当っていた日光が閉じ込められているなどと言うが、それよりも、よく枯れた葡萄酒を口に入れると、どこか微かに乾し葡萄の匂いがする。何とも温かな感じがするもので、そんなことから始って次には、舌触りだとか、味だとかになり、銘柄に間違いさえなければ、そうがつがつ飲めるものではない。そしてそれでもがぶ飲みして足を取られるものがあれば、いい気味なのである。

それで、この辺からもう一度、無駄ということに戻る。金沢にしかない朱塗りの椀で酒を飲みたがるのが無駄なことなら、酒はよければいい程酔わないものだというのも、兎に角、能率的なことではない。それでは、何の為に飲むのかということになる。朱の椀を満している酒の色に惹かれるのも、古い赤葡萄酒に昔の葡萄の匂いを探り当てるのも、或は、水かと思ったものに不思議に味があるのに驚くのも、別にそういうことをしなければ死ぬというものではないので、それよりは例えば、何か不愉快なことが忘れたくて自棄酒《やけざけ》を飲むというようなことの方がまだしも意味がありそうにも思える。そしてそうと決れば、酒を飲んだりするよりは注射でもして貰った方が手っ取り早いので、結局、酒を飲むのはどうあっても無駄なことだということになり、これに対して適当な答えが見付かる訳がない。

つまり、酒を飲むならば、こういう言い分に対して答えがないことを覚悟することから始めなければならない。酒に聞いて見ればいいので、そうすれば無闇に飲んで酔うよりは、酒が水ではないことを知る方が大切であることが解る。聞いても解らなければ、暫《しばら》くウイスキーとでも付き合っている他ないかと思う。そしてこういうことが人生と何の関係があるかは、これは人生に聞いたらいいだろうと、ここでは逃げて置く。

飲むこと

食べることに就《つい》て書いていたら切りがない。飲むことに就ても同様であるが、釣り合い上、その一端を述べて置かなければいけない気がする。前は、世界で最初に酒を作った人間は誰なのだろうかと、そのことに少からず興味を持っていた。併《しか》し考えて見ると、酒のように大切なものは、例えば、火と同じで、いつの間にか、誰ということはなしに、人間がいる所にはどこにでも火とともに酒があることになっていたに違いない。酒を先ず神々に捧げたのも当り前で、原始人も、或は、原始人であるからこそ、こういう見事なものが人間の智恵だけでは出来ないことを知っていたのである。

確かに酒の作用は奇妙なもので、血液に混入したアルコール分が先ず大脳を侵し、などと説明した所で、別に何が解ったということにもならない。例えば、疲れがひどくて体中の神経がデモに突入したのに似た状態を呈し、休もうにも休めない時に、何故酒があるとデモが止んで、長い一日の仕事が終ったという風な感じになるのだろうか。多くの人々の説とは反対に、酒は我々を現実から連れ去る代りに、現実に引き戻してくれるのではないかと思う。長い間仕事をしている時、我々の頭は一つのことに集中して、その限りで冴え切っていても、まだその他に我々を取り巻いている色々のことがあるのは忘れられ、その挙句に、ないのも同じことになって、我々が人間である以上、そうしていることにそれ程長く堪えていられるものではない。

そういう場合に、酒は我々にやはり我々が人間であって、この地上に他の人間の中で生活していることを思い出させてくれる。仕事をしている間は、電灯はただ我々の手許を明るくするもの、他の人間は全く存在しないものか、或は我々が立てている計画の材料に過ぎなくて、万事がその調子で我々に必要なものと必要でないものに分けられていたのが、酔いが廻って来るに連れて電灯の明りは人間の歴史が始って以来の灯《とも》し火になり、人間はそれぞれの姿で独立している厳しくて、そして又親しい存在になる。我々の意志にものが歪《ゆが》められずに、あるがままに或る時の秩序が回復されて、その中で我々も我々の所を得て自由になっていることを発見する。仕事が何かの意味で、ものの秩序を立て直すことならば、仕事に一区切り付けて飲むのは、我々が仕事の上で目指している秩序の原形を再び我々の周囲に感じて息をつくことではないだろうか。

それならば、ただ休むだけでもよさそうなものであるが、長い間一つのことに向っていた神経は、我々がもういいと言ったただけでもとに戻るものではなくて、そこへ酒が入って来る。酒は冬になると木枯しが寒いことや、春は湿度の関係で燕《つばめ》が地面と擦れ擦れに飛ぶことを教えてくれる。何も、もう酒でいい気持になった訳ではないので、酒は飲み屋の料金表を入れた額が曲って壁に掛っていることも、隣の小父《おじ》さんの鼻が赤く光っていることも我々に知らせてくれる。酒が穀類や果物などの、地面から生えたものの魂で出来ているからだとしか思えない。

ただ飲んでいても、酒はいい。余り自然な状態に戻るので、却って勝手なことを考え始めるのは、酒のせいではない。理想は、酒ばかり飲んでいる身分になることで、次には、酒を飲まなくても飲んでいるのと同じ状態に達することである。球磨焼酎を飲んでいる時の気持を目指して生きて行きたい。

酒の飲み方に就て

酒の起源に就ては知らないが、どうも暇潰しの為に出来たもののような気がしてならない。普通にその日その日の暮しをしている時は酒などなくてもよくて、何かの理由で生き甲斐を感じている時も、酒が飲みたいとは思わない。併《しか》し毎日の暮しにも、何かのことで生き甲斐を感じるのにも倦きることがあるから、その時の為に誰かが酒を飲むことを考え付いて後世に伝えたのだろうと思う。

酒を飲んでいい気持になるのは、人生に生き甲斐を感じるという風なこととは大分違っている。もっとしめやかなもので、どうかして大きな声を出したりするのは、アルコールが血液の中を廻って体の方で勝手に暴れているだけの話である。それも、少しも褒めたことではなくて、頭の中は折角いい気持になっているのに体が思う通りに行かなくてその気持を乱すのは、隣の部屋で酔客がらんちき騒ぎをやっているのよりももっと身近なことだから、もっと煩い訳である。それならば何故そんなことを自分の体に許すかと言うと、それは修業が足りないからで、慎むべきことだと思う。

というような見方もあって、そういう見方をすることになるのは年のせいかも知れない。若い頃は酔うまでに時間が掛り、各種の酒を混ぜて飲まなければ酔わず、だから銀座にまだ明りが付いている間はいやでも大人しい酒だった。そして行く所がなくなり、あり合せの屋台などで真夜中過ぎに飲み直す頃から酔いが廻り、その味は又格別だったことを覚えている。そんなことを繰り返しているうちに、酒に酔うのが少し早くなり、面白くてたまらなくて、暫《しばら》くは、酒は大きな声を出して暴れるものと決めていた。併しそのうちに戦争になって、飲むということに終止符を打たれた。

それでも、戦争が始ってから酒が全然飲めなくなるまでの間には大分の月日が流れた。これは全くその頃、銀座の京橋寄りの所で潮というバーを経営していたエミ子女史とミサ子女史の二人のお蔭だった。昭和十八年になっても、まだこのバーはあったと思う。併しそのうちに潮もなくなって、後は馴染みの飲み屋で偶々《たまたま》出してくれる一本か二本の酒で、どうすれば酔えるかという、その方の修業に専念した。そしてその甲斐があって、二本もあれば結構酔えるようになったが、その為に勿論、酒には弱くなり、終戦の年に茶碗に半分のビールを飲んで眼を廻した時は、遂に斯道の達人になれたという感じがした。併しこの境地も、酒がなければこそで、又酒が幾らでも手に入る時代になると酒量が増し、前と同じ下界の人間に戻った。それでも、騒ぐ程の気力はなくなったから、初めに書いた通り、酒は暇潰しに飲むものだと思ってこの頃は飲んでいる。

飲む話

1

犬が寒風を除けて日向ぼっこをしているのを見ると、酒を飲んでいる時の境地というものに就て考えさせられる。そういう風にぼんやりした気持が酒を飲むのにいいので、自棄酒などというのは、酒を飲む趣旨から言えば下の下に属するものである。頭でっかちな酒の飲み方で、早く酔いたい一心でいれば、体の他の部分が承知しないから、それまでのむしゃくしゃした気持が悪酔いの不愉快な状態に変るだけである。むしゃくしゃしているのなら、面と向ってその気持なり、その気持の原因なり何なりを見詰めた方が男らしいように思える。尤も、酒を飲めばそれが一層よく出来るというのなら別で、それならばそれは自棄酒の部類に入らない。

兎に角、そういう訳で、酒は決して他力本願の飲み方を喜ばない。涙や溜息が欲しくて酒を飲むのは、酒に身を任せることで、そうなれば酒は体の中を荒れ狂うばかりである。酔い心地も何もあったものではない。酒に飲まれるというのはそういうことなので、これは傍で見ていても感じが悪いし、みじめになる。酒の上でしたことは仕方がないという考え方をするものがあるが、それはしたことの性質によるので、初めから酒に寄り掛っている態度がいい筈はないのであり、又許されるものでもない。そんな風に酒にだらしがない人間は日常生活でもだらしがなくて、酒席に限らず、どういう場所でも付き合いたくないものである。日常生活や仕事の上でもだらしがないのではなければ、逆に変に固苦しくて、それで酒を飲んで羽目を外して埋め合せをした積りでいる。人間はそんなに簡単に性格が変えられるものではないし、締りをなくした後で幾らしゃちこばっても、或はしゃちこばった後でぐにゃぐにゃしても、それで我々がその人間から受ける印象の差し引き勘定をする訳ではない。つまり、そういう人間はいつも何かが足りないのである。

かと言って、飲んでいる時も四方八方に気を配っていなければならないということはない。だから、犬が日向ぼっこをしている様子を忘れてはならないので、気を配るも、配らないもないのである。犬は体中に日が当って、日光が毛を通して皮膚まで差して来るから、我が代の春を歌って寝そべっている。そういう時、犬を抱き上げて見ると解るが、日向ぼっこを暫くしていた後は、肉まで温まって柔くなっている。そしてそれを見ていても、別にだらしがないという感じはしなくて、ただ如何にも気持がよさそうなだけである。犬は日光に体を任せているとも言えるので、我々も酒を飲む時に、その意味では酒に体を預けて少しも構わない。寧ろそうすべきであり、酒に寄り掛るのと体を預けるのでは、話が違う。身の任せ方にも色々あるのである。

例えば、飲むと無闇に人に絡みたくなることがあるが、議論がやりたくて仕方がない若い頃は別として、一般にこれは犬が日向ぼっこをしている境地からは非常に遠い。体の中にアルコールを注ぎ込んでいるのだから、中年を過ぎても元気になって、威勢がいいことを言わずにはいられないということはあっても、これは多くの場合、酒がまずいか、場所が不愉快であるか、まだその日の心配が忘れられないかして、体に酒が落ち着かずにいることを示すものである。

教室の机に向ふと何だか怒鳴りたくなる

これは菊池寛が一高時代に作った俳句だそうであるが、若い時は教室でもそうなのだから、飲み屋にでも腰掛けていれば、なお更そういう気分になっても仕方がない。併しいい年をして、バーのスタンドに向うと何だか怒鳴りたくなってはならないのである。

酒に体を任せた方がよくて、そして酒に体を任せてはならない。どっちにも言えることで、これを要するに、酒を迎える態勢を整えて酒が来るのを待つということになるのではないかと思う。溝を作れば、水は自然に流れて来る。酒も同じことで、大に酔いましょうなどと待ち構えていなくても、酒を飲めば何《いず》れは酔うのだから、安心して酔いが廻るのに任せて置けばいいのである。酔おうと思っていると、酒はそれに付け込んで、或は我々の気持を酌んでくれて荒れるから、我々もそれに引っ張られて何をやり出すか解らない。酒のせいにすることはないので、もとを正せば、我々の身から出た銹《さび》なのである。非常に急いでいる時に円タクに乗って、座席の上で力んでいれば円タクの方もそれだけ早く走るような錯覚を起すことがあるが、勿論、力んだだけ損をしているので、酒の場合わその損が悪酔いになる。力んでいても、ぼんやり腰掛けていても、円タクは円タクで走って行くのである以上、ぼんやり景色でも眺めている方が体にいい。
その余裕が、酒を飲む気持なのだということを、年を取ると益々感じて来る。今日はちっとも酔わないと思っているうちに、体が何だか軽くなり、バーの棚に並んでいるコップが綺麗に見え始めて、酔っているか、酔っていないかというようなことを考えなくなる。その調子で行けばもう大丈夫で、もともとが飲める口ならば、幾ら飲んでも荒れるということはない。勿論、その晩の後半に何をしたか、はっきり思い出せないという事態が起ることもあるかも知れないが、初めに酒に対して礼儀を尽して置けば、後は酒の方で気を付けてくれる。それでも心配ならば、自分が何をしたか、一緒に飲んだ友達に聞いて見るのも一案である。

2

酒を飲むと言っても、酒を飲むだけで酒を飲んだことになる訳ではない。もう少し説明すれば、酒を幾ら飲んでも、それで酒飲みになれるのではないのである。或は、そのうちには、なる。つまり、酒飲みになる人間は大体が所謂、飲める口であって、飲める口の人間がいきなり酒を飲んでも、いい気持に酔ったりすることは出来ない。酒を飲めば酔うものと思い込んでいて、それでこわごわ飲んで見ても酔いはせず、なおも続けているうちに悪酔いして、それでおしまいである。併し飲んでは悪酔いしていると、段々に酒に馴れて来て、やがてはいい気持になるということがどういうことか解る所まで行き、酔う為ではなくて酒の為に酒を飲むようになる。

それにしても、この頃は酒の味を覚えるのに、昔と比べて凡てがやり難くなっているという感じがしてならない。主に値段の関係かと思うのであるが、酒を飲むこと自体が贅沢、或は少くとも、或る程度の覚悟をしなければならないことになっては、飲んでいる酒が既に、酒の味がしない訳である。貧乏人は焼酎を飲んで、少し金がある時は合成酒、本ものは社長や社用族が飲むものということになっているようで、これでは何の為に酒というものが作られるのか解らない。いい酒が安くて幾らでも手に入り、貧乏人も酒だけは上等なのを飲むということであって始めて酒飲みという人種が出来るのである。

昔は、酒はお銚子が一本十銭のからあって、三十銭ならばいい酒が飲めるし、どんな銘酒でも五十銭以上ということはなかった。ビールは、大瓶の中身が楽に入るジョッキ一杯の生が三十銭からあった。そういう訳だから、三円あれば一晩ゆっくり飲めて、当時の三円という金を今の千円と換算して見ても、その頃の三円は今の千円よりも購買力があり、そしてその上に今の千円よりも稼ぎ易かった。又それだけに、飲む為の無理算段が、どうでも飲みたい時は多少の無理をする必要が生じることもあるという程度のもので、今日のように、会社の金でも持ち出さなければ泣き寝入りする他ないという種類の、興醒めがする条件を備えていなかった。従って、ここでこんなことを書いているうちにも、そういう昔のことが懐しく思い出される。

その頃は、日本酒を飲む前によくビヤホールに行ったものだった。先ずビールで少し口を湿してから、本格的に飲もうという趣向だったのかも知れないが、兎に角、ビヤホールで前に挙げた大ジョッキを二、三杯空けて、それから大概はどこか即席料理をやっている小さな店に行き、その辺から日本酒に移った。二十銭の安酒を売っている店などに入らずに、三十銭のを出す所で飲むというのが一種の誇りで（こういう誇りは今日では持ち難くなった）、それでも三十銭だから、料理の値段にしても多寡が知れていた。それだけに、止めどもなく飲んだ。いつだったか、何回分か溜った店のつけを払おうと思って幾らになったか聞いたら、二十円と言われてびっくりしたことがあったが、二十円は五、六升分の酒代と見てよくて、それが一軒の店なのだから、このことからも当時はどの位飲んだか想像出来る。一通り飲むと、今度は別の店に行った。

その頃は日本酒の店と店の間によくバーも行った。バーとカフェと二種類ある時代で、カフェは関西辺りから入って来た大仕掛けの、今で言えばキャバレーのような所だったから、これは敬遠してバーに行った。バーはもっと小ぢんまりしていて、文士を相手に話せる女給さんがいたりする洋酒の飲み場だった。つまり、カフェではなしにバーに行くというのも一種の誇りからで、それは兎に角、チップが五十銭、ブラック・エンド・ホワイトが一杯五十銭という調子で、これも勘定の点では別にどうということはなかった。ビールを飲んでいればもっと安くて、従ってここで又、それまでのビールと日本酒に、又ビールと、時にはウイスキーやブランデーがその晩の量に加えられた。バーの後では、まだ鮨屋や、おでん屋や、蕎麦屋があって、殊に当時の蕎麦屋はどこでもいい酒を出すことになっていた。

併しこれで終ったのではない。一通り廻ってしまって夜が愈々《いよいよ》更けて来ても、まだ行く所はあった。大体、バーや蕎麦屋にしても真夜中過ぎまでやっていたが、夜明しをするのは無理で、それには待合があった。この頃の待合はどういう風になっているのか解らないが、その頃は夜明しで飲む為に待合というものが出来ているようなものだった。少し懇意な所ならば、玄関に立った途端に察してくれて、酒やビールの用意をしてくれた。そしてそれが待合というものなのかどうか知らないが、こっちが寝ると言わない限り、女中さんとか仲居さんとかいうのが朝まで付き合ってくれて、それが出来ない時はビールを山程運んで置いて行ったから、朝までそれを飲んでいればよかった。外が明るくなって来て、障子を開けると、廊下にビールの空き瓶が林立しているのを何度も見たことがあるのを、今でも覚えている。

ということは要するに、これが多くの場合、先輩に連れられての無我夢中の飲み歩きだったのであるから、最後にどこかの待合に辿り着いてから大概、一度はもうどうにも気持が悪くて吐いたことを意味している。途中で吐くこともあって、それだけ飲んでも悪酔いするばかりだった。と同時に、それが酒の味を覚える一つのきっかけにもなって、蕎麦屋の酒とは反対に、殊に我々が行くような小さな待合の酒はまずいものと相場が決っていた。幾ら酒の味が解らなくてもまずい位まずくて、だからそこに行くまでは無事でも、行って酒を一口飲んだ途端に吐きに行くことになった。そしてその後の酒が、これがどんな待合の安酒でも実に旨かった。それをプールに一杯にして泳ぎたい位で、そこまで行くと後は朝まで飲み続けても、何でもなかった。酒の味というものを知った、これは確かに最初の経験である。

それ故に、もっとこの待合通いをやったならば、もっと早く酒の味が覚えられた筈であるが、幾ら我々の先輩でも、又我々自身にしても、飲みに出掛ける毎に夜明しする訳には行かなくて、大抵はどこかのバーか蕎麦屋でおしまいになった。そして深夜の安酒が旨かったことは記憶に残っていても、又飲みに出て口にする日本酒はもと通りの水のようなもので、まだしもウイスキーの強烈な匂いや味の方が酒を飲んでいる感じがした。又、酒がいい具合に体中に廻らないから、冬など飲み屋で飲んでいると寒くてたまらなくて、それを紛らせる積りで飲む程に悪酔いがひどくなった。今から考えて見ても、実際、みじめなもので、先輩の言葉が聞けると思わなかったら酒など飲まなかったかも知れない。併しその頃の文士はよく飲んで、酒なしの文士の集りなどというものは考えられなかった。

併しそのうちに、酒を飲んで酔えるようになり、それと同時に、酒にも色々な味があることが解って来た。少くとも、好き嫌いが出来て瓶詰めよりも樽の方がいいだとか、何だとかいうことになった。どうしてそうなったかということに就て考えて見るのに、結局、それまでに飲んだ量がそこまでこっちを持って行ったのである。ああだ、こうだと言って見た所で、要するにそのことに尽きる。だから、もう一度話を初めに戻して、この頃のように初めから懐と相談で飲んでいるのでは、いつまでたっても酒の味が解る気遣いはない。これは、どうも困ったことであるが、問題はそうなると、米の統制撤廃だとか、経済上の安定だとかいう大きなことに絡んで来て、今の所は仕方がないのだろうと思う。併し若いものが焼酎を飲むのだけは止めるといい。

酒の味その他

例えば最良の年などということを言うのはひどく不景気なことのように思われる。もし或る人間にとって或る年が最良ならばそれまでの年もその後もその年に及ばないことになって、殊にこれから一生の間もうその年程の思いをすることはないのだというのでは生きていることの意味も先ずないのに近くなる。それと同じことが酒に就ても言えるので、その上に酒ではそのことがもっとはっきりしている。これから先のことは知らず、もし今までのうちで或る時飲んだ酒が一番旨かったならば、それはその時だけ酒を飲むべき形で飲んだのであって、酒はもしそれが酒の名に価するものならばいつでも飲み方に気を付けるだけで何ともかともともという味がするように出来ている。その何ともかともを言い換えれば何とも旨いということで、それは一番旨いということであり、酒はいつでも今が一番旨いと思って飲むのでなければ嘘である。又無理にそう思わなくてもそういう風に旨いのでなければならない。

大体、一番いいだの旨いだのというのがかなりみすぼらしいものの考え方を示している。誰が自分の最良の年を目指して生きて行くだろうか。それは御馳走が食べたいようなもので、そのこと自体は結構であっても御馳走も普通の時の気持で食べなければ旨くはない。そうしないと御馳走であることの方が先に立って味も何も解らなくなるからで、茶漬けを食べるのに適した状態ならば今はもうなくなってしまったハルさんの所の新橋茶漬けという御馳走も、あれは併し旨かった。それと同じで生きているということの場合でも、自分は今生きていると感じるのが自分にとって一番いい時である筈であり、その刻々に執着するか、或はそれが何となく楽いから人間は生きているので、それを最良の年などというものに就て考え始めると自然あくせくすることになって、恐らくは最悪の年もそれに気付かずに過すという芽出たい結果を招くに違いない。併し幾ら芽出たくてもそのように忙しい思いはしたくないものである。

確かに最悪の年と言いたくなる経験をすることがあるのと同様にまずい酒というものはある。それは酒自体がまずいか、或はこっちが酒の飲み方に注意しないからで、酒は何かの意味でこっちが胸に一物あって飲むのを嫌うらしい。例えば自棄酒であり、疲れたから酒でも飲みましょうという酒であり、又その中に或はこれは自分にとって酒が一番旨かった時の酒になるかも知れないと予め構えて飲む酒も入る。凡て初めから何か頭にあるので、そういう時に酒の方で講じる復讐、或は懲戒の手段には大自然を思わせる不可抗力がある。初めはいつもと同じ酒で、やがてそれが妙に白々しくて冷たい酒であることにこっちが気が付き、それならばもっと飲んで見たらばと考える頃にはもう酒に足でなくて頭を取られている。それでも両足で立って家に帰ったというのは言い訳にならなくて、寧ろそれよりもその時の酒が旨かったかどうか自問して見るべきであり、旨かったというのは嘘である。

そういう訳で、酒が一番旨かった時などというものはないか、或はそれがいつでものことでなければならない。その酒にも色々な種類があるから一概には言えないかも知れないが、例えば日本酒を普通に飲んでいる時には確かにどこか流れの傍で日向ぼっこをしているのに似た味があって、これにはその上も下もなければ又それが終るということもない。その酒を飲んでいる限りそれが続いて、そう言えばこの性質があるのは日本酒だけかと思う。もしビールというのが酒のうちに入らないならば、穀類で作った酒でこの性質があるのは確かに、紹興酒がなくなった今日では日本酒だけで、これに対して果実酒の方のことを考えると、その中で日本酒に匹敵するものが葡萄酒であるとして葡萄酒はそういつまでも飲んでいられるものではない。それにそれと一緒に何か食べていなければならなくて、そのことだけでも一つの制限になる。併し日本酒を飲むのがいやになる時というのがあるだろうか。

曽《かつ》て我が国で酒と言えば日本酒に決っていた。それで酒を飲んでいるとどこか流れの傍で日向ぼっこをしている感じがして、日は温く差し、流れはいい音を立てる上にきらきらして何とも結構な気持になって来る。いつが一番旨かったなどと言うのは勿体ない。例えば純金に二種類も三種類もあるのではなくてそれはいつも純金であり、喉が渇いた時に飲む真水は必ずその味がする。併し考えて見ると、酒が間違いなく酒の味がするのが飲み方に粗相がないことによってだというのならば、又その飲み方が頭に何もないようにすることならばそれは条件が揃っているということであり、そうするとそこに一緒に飲む相手がいいとか、仕事に追われていないとか、借金取りが来る三十分前ではないとか色々なその条件というものが出て来る。尤も、それがそうは行かなくてまずくなるのに決っている酒でも飲んだ方が増しだということも考えられないことはない。

兎に角、それだから酒が一番旨かった時などというものがあっていい筈がない。又更に考えるならば、もし酒を飲むのに条件があってそれが揃わなくても、ここにもし一人の酒に馴れた人間がいたとするならばその人間は酒に出会った途端に自然の勢で必要な条件を揃える筈であり、それならば酒はいつでも旨いということになる。その人間が我々でないという保証もない。もしないならば、その人間になるのが一番手っ取り早いということになる。そしてそれがそう難しいことではない筈だということに就てこの辺で少し述べて見たい。その反対に、それが大変であって大変なのが当り前だと決めて掛る種類の頭の働かせ方も酒とは縁がないものの中に入って、一体に、日が暮れて道が遠いとか、シェークスピアが解るには一生勉強して今わの際にやっと少しばかりというのが正道だから若いものが「ハムレット」を見て面白がったりするのは不心得だとかいう、つまり、日暮れて道遠し式の我々にはお馴染みの態度に属するもの一切が我々が酒を飲む邪魔をする。

おちょこの上げ降し一つにもこつがあるかも知れない。併しそういうことを言う人間はそれさえも実際にはやったことがないのが普通で、もしあるならばこんな簡単なことに就てそのように勿体振らない筈である。どうも一番大切なのは先ず飲むことであるらしくて、色々と飲む心構え、或はどういう構え方もしないということに就て書いて来たが、飲んで見ないことには構えるも構えないもあったものではない。恐らく初めにどこかで酒に出会って誰もが酒を飲むことになるのであって、それから先はただ飲み続けているだけで何かと酒に就て教わることになる。そして酒に就てそうして教わるのよりも、やはり教わりながらも飲み続ける方が大事であるのは言うまでもないことで、途中で止めるならば酒に就て無智であるのと同じことになる。つまり、いやでも経験を積むのであるから酒の道にいつになったら上達するのだろうと心配する必要もなくて、これは酒を飲み出せば止められず、それ故に何れは酒を飲むのに掛けての達人の域などというものを通り越してしまうのに決っているからである。

又確かにその途中で、又その後でも色々なことを知る。例えばカクテルなる飲みもので、今でもあるカクテル会というものに度々顔を出していた一時期にドライ・マテニーというものの味を覚え、これが非常に口当りがいいものなので或る晩五杯飲み、それでどうやって家に帰って来たか覚えていないが、その翌朝の状態からカクテルというものに就て多くのことを学ぶことが出来た。それは一種の苦行だったからその結果の凡てが必ずしも言葉になる訳ではなくてもカクテルというのが恐しく悪い飲みものだということは頭痛を通して染みじみ解った。その後、これがなるべく安いウィスキー、ジンその他を混ぜて作った方が旨いのだということを知った時にはそれまでの体験から推して別に驚く程のこともなくて、そう言えばそのもっと昔に一本三十銭以下の安酒は飲まないと皆で申し合せたことがあったとその頃のことを思い出しただけだった。併しこうして段々と酒に就ての知識を仕入れる。

自棄酒は宜しくないなどと言った所で、それをやって見なければどの位宜しくないか納得が行かない訳である。例えばこれは必ずしもそうではないので、むしゃくしゃしている時に偶然に酒を飲む機会があってそれでさっぱりし、又そんな風になって前のことを思い出してやって見るのが自棄酒であり、それで気分がよくなる代りにどこか飛んでもない所で翌朝目を覚すのを何度も繰り返しているうちに、自棄酒は結構でも、これをやって成功するには酒を飲む前に先にさっぱりすることが大切であるのが少しずつ頭に染み込んで来る。どこの国でも男は女に対して傍若無人に振舞うのが常識のようで、それで男がよよと泣き崩れる為に女の許に通うという場合も生じるのだろうが、相手が人間である筈の友達の家に初めからむしゃくしゃを訴えに出掛けて行く奴が世界のどこかにいるだろうか。酒は女ではないから復讐し、友達もそうした失礼を責める。この際に酒のしっぺ返しと友達の言葉のどっちがもっと有難いか解らないが、自棄酒の二日酔いの方が肉体的に遥かにやり切れないものであることは確かである。

又昔は一仕事終ったりすると酒を飲みに出掛けたものだった。それをやっているうちに得た経験に従えば、仕事が終ったから酒を飲むというのも妙なもので、もしそれが原則になって仮に三年掛る仕事をしていればその三年間は酒が飲めないことになる。或はもしその途中でも飲んでいたのならばそれが終ったからという理由を改めて付けることはなくて、改めて付ける以上は何か別な飲み方をしなければならなくなり、そういう飲み方というものはない。それで例えば、今日は大いに飲もうというような言葉にも疑問が生じる。それでは普通はそんなに飲まないのだろうか。大いに飲むというのはどういうことか解らないが、少しばかり飲むというの程つまらないことはなくて、お銚子二本で今日は帰りましょうなどという情ないことならば寄らずに真直ぐに家に帰った方が体の為にもなる。尤も、汽車が出る前にもう一本飲めるだろうかと思って頼む酒は旨い。これは旨い。併しこれには汽車が出るという物理的な条件が付いていて、そういう場合には人間と同様に酒もいやな顔はしない。

併し大いに飲むということに就てはまだ言うことがある。こっちが酒の味を知るに至っていなかった頃のことながら、どうかした折に岩見重太郎が五升とか一斗五升とかの酒を飲んだということを読んで羨しくて仕方がなかったが、そういう人物が本当にいてそれだけの酒を飲んだのであっても、それならばその人物はそれだけ飲んで満足したのではなくて、これは先ずその位の量を飲む時間その他の余裕があるならば充分に楽めると思って喜んだということに違いない。我々人間が口の中に一時に含めるものの量には制約があり、そこから送り込まれる先の胃袋も同様であって、その上に酒が口腔に、次には胃袋に作用するには幾ら短くても一定の時間が必要であるから一口分の酒の代りに二口分も三口分も口の中にほうり込んでそれだけ酒が旨くなるということはない。併しそれでも早く飲めば少しばかり酔いが廻るのが早くなるということはあっても、酒のように旨いものを味も解らずにただ酔いたい為に流し込むというのも勿体ない話で、それが本当に旨い酒ならば酒の方でそうはさせない筈である。

尤も、その味というのも酒というものと付き合い始めて直ぐに解るとは限らなくて、ものの味は甘いか辛いか酸っぱいか苦いか四つのうちのどれか一つという年齢から酒を飲み出せば日本の酒は甘いか、何とも言えず強烈であるか、どういう味もしないかで葡萄酒は甘いか酸っぱいか、ブランデーは又しても何とも言えず強烈位のことしか識別出来ないから後はやはりただ飲みに飲んで見る他ない。そのうちに舌が段々に酒というものの味に馴れて来るようで、例えば悪酔いがひどくなってどうにもやり切れない所まで行き、そっちの方の始末を付けてからの酒を旨いと思うという風な話にならないことを繰り返しているうちに酒の味が次第にはっきりして来る。確かにこういうことは初めから解っているのでなければやって見る他ないらしくて、日本の酒もブランデーも極上のものは味が水に近くなるとか、その極上のブランデーはどこか乾し葡萄の匂いがするものだとか、日本の酒でも東北で出来る或る種のものにはフランスのボルドー産の白葡萄酒にしかない筈の匂いがあるとかいうことは飲み出して何十年もたって始めて気が付いた。

　そして勿論、だからどうということはない。ここでは酒の味だとか匂いだとか書いても匂いがいいものや味がいいものが目的ならば必ずしも酒を飲むことはなくて、片方は香水、片方は親子丼、或はもう少しひねくれた所で鮪のとろですませる。酒のよさは匂いや味の問題もあるのだろうが、そういう点に就ての保証を現に飲んでいる酒に即して得た後はそれが気にならないのが酒というものの功徳で、何だか色々なものが一緒になって自分は今酒を飲んでいるのだという境地に至る。例えば葡萄酒でも、その色は綺麗であり、匂いにはその色を通して火を眺めた感じが漂い、その上で何かが潮のように体中に向って殺到して行くことが解ってそのことに酔うのであっても、この場合に大切なのはこの最後のもので、そのことに気が付けば色も匂いも初めからその最後の奔流だか横溢だかが予定されていての色や匂いであることもはっきりする。これは凡て酒というものに就て言えることだから日本の酒でもそうで、酒を徳利、瓢簞《ひょうたん》、その他何でも酒の入れものから注ぐ時のあの無類の音も凡ての酒に共通であり、それを聞く喜びも遂には酒を飲むということに帰着する。

併しまだそれから先どうなるということが残っている。その最終的な状態を昔は玉山崩《ぎょくざんくず》るとか言ったそうで、崩れてしまえばそれ切りの話であるが、それ故に又それは酒の話がすんだことでもあって、そこへ行くまでが酒を飲むということであり、それが端から見ていると全くどうということはないのである。何かが体中に漲《みなぎ》って行くというのもそう字義通りに取ってはならなくて、確かにそういうことが起りはするのであってもこれは洪水で家や橋が流され、自衛隊が出動したりするのと違っている。寧ろ酒のこの力強い浸透があって心臓が正常に鼓動し、頭の一角が不思議に冴え、眼がはっきりして身の廻りにあるものがいつもと違ってその本来の形をして眼に映る為に美しく見えて来る。そして耳にも雑音を越えて静寂が聞え、手もしっかりして一杯になったおちょこをこぼさず、時がたつのが手の脈と一体になっていつまでもただそのまま時はたって行く。

それで当人はそれでいい訳であり、何人かのものが飲んでいればその何人かはそのことで満足しているのであるが、酒を飲む為の勉強のようなことを散々聞かされた後でそれが要するに酒を飲んで時間をたたせるのが目的だと種明しをされれば納得しないものが或は出て来るかも知れない。併しこれに対してもし気持が悪くなるまで飲むのを繰り返しているうちには酔ってやる裸踊りが旨くなるというのならば別だというのであっても、裸踊りなどというものは今日、酔っ払いがやるのよりも遥かに優美に職業的に素面で行われていてそれに上達するのは酒と別に関係がない。又他に何を持って来ても、その殆どが酒なしでも、或は寧ろ酒抜きでこそものになるものばかりであって、時間がたつのが確実に解るというのが一般に考えられている程簡単なことではないということをのければ酒にはそれを飲むのに先ず目的がないと言った方が早い。

それでは大学に入るのが就職する為で就職するのが定年になるまで懶《なま》ける為で定年になるのが死ぬ為である今日の風潮に合わないことになっても、これは酒や酒飲みである我々が知ったことではない。

そうすると酒を飲むのが本質的には精神の領分に属することに思われて来て、これはどうも本当のようである。我々は無造作に精神と肉体などと言うが、精神が肉体なしではどうにもならないことは首を胴から切り離すと死んでしまうことでも解って、何か一つ考えるにも脳髄や血液や内分泌が必要であり、肉体が活潑に肉体であればある程その肉体を駆使する精神も精神であり得る。別に難しい話をしているのではなくて、その昔の又大昔、我々が酒を飲んだのは素面ではとても面倒臭くて出来ないような議論を一晩中する為に体力を補給するのが目的だった。それで序《つい》でに酒を飲むことにも馴れたという訳なのだろうが、我々が我々の精神を働かせるのに人と議論をしなければならないのは若いうちのことである。そうした議論だの、一人でやる向う見ずな思索だのの結果、精神が自分と対話する所まで行けば酒は体力の補給ではなくて酒そのものになり、時がたって行き、そこから鬼と魔が侍立する世界が開ける。

もう酔っ払ってしまっている訳ではない。併しそんな風に取られるといけないから話を死ぬ為に定年まで働く今日の時代に戻すならば、その今日の時代でも折角酒というものがあるのにそれを飲んで悪酔いして裸踊りをするのでは損である。本当のことを言うと、酒を飲んで今日やる大概のことは損であって、大きな声を出すのにも素面の方がいいことは各種の声楽家の例を見ても明かであり、同僚の悪口や世相の弾劾は、その程度の愚劣な頭の使い方をするのに酒を飲むのは勿体ない。そして勿体ないというのは飲むだけ損だということであって、飲まなくても、或は飲まない方が寧ろよく出来ることをするのに酒代をどうして出さなければならないのだろうか。そして勿論こういうことは酒代に止らなくて、その上に料理代が嵩《かさ》むこともあれば設備費を取られることもある。どう考えても馬鹿げた話であって、曽ての酒を飲まず、煙草も吸わないのが立派な人間の資格だった時代が解らなくもないような気がして来る。

併し酒を人並に楽むことを知っていればただ酒を飲んでいるだけでも充分であるのみならず、設備費や料理代が入っている飲み方をしても損はしない。その場所にさえいれば酒のお蔭で設備も料理も、そこの風土も地形までも生きるからで、先日、富士川英郎氏の「江戸後期の詩人たち」を読んでいたら柏木如亭《じょてい》の次のような詩が出て来たからその引用でこの一文を終ることにする。

八千八水帰新潟
七十二橋成六街
海口波平容湊舶
路頭沙軟受游鞋
花顔柳態令人豔
火膾霜螯著酒懐
莫道三年留一笑
此間何恨骨長埋

酒

1

今年の菊正の樽を寄越してくれた人があって、飲んで見たら、どうも旨くて、暫《しばら》くはそれが酒だということを考えなかった。併《しか》しもしこれが酒ならば、今まで飲んでいた大概のものはただ酒に近い状態にあるものだったので、折角、酒にアルコールをぶち込むことを政府に強制された結果、その匂いを消したり何かする必要から、却《かえ》って醸造の技術が向上したのだと思っていたのに、これでは昨年と今年の技術が違い過ぎる。米と水はいつも同じ場所のものを精選しているのだから、そっちの方の関係でこういうことになる訳がない。何だか解らずに、ただ飲んでいたら、その道の専門家に、豊作続きでアルコールをぶち込む量が減ったのだと教えられた。つまり、酒はやはり米だけで作った方がいいということになる。

併しアルコールのお蔭で、それだけではないだろうが、技術が進歩したということはやはりあるような気がする。今年、前よりも少いアルコールのぶち込み量で作った菊正が、それではそれだけ戦前の、アルコールを入れなかったのに近くなったかと言うと、どうもそうとは思えない。戦前の、千疋屋の尾張町支店があった角から入った横丁の「岡田」で出していた菊正は、こっちが何度も飲んだ記憶があるのがいつの間にかぼやけて来たのではない限り、もっと荒っぽい、豪壮なものだった。今の方がその頃よりも、もう少し舌が酒の味に馴れている筈であるから（当時はがぶ飲みだった）、あの時にそう感じたのなら、今ならばもっと強烈な印象を受ける筈である。そして昔は、芳しい酒が同時に強烈だったが、いい酒は滑かなのが本当のように思える。その証拠に、フランスで上等のブランデーを作るコニャック地方に隣接して、それ程良質の葡萄が取れない地方で出来るアルマニャックと呼ばれるブランデーがあるのが、コニャックのフィーヌ・シャンパーニュよりは荒い味がして、これが好きな人もいる。

それ故に、日本酒がもう一度、米だけで作れるようになったら、どんな上等なものが出来るか解らない。或るアメリカ人の酒通の友達が、いい日本酒はティオ・ペペという銘柄の、シェリー酒の中でも辛口なのに似ていると言ったが、今度はそれにそっくりのものになるかも知れない。それにしても、日本酒は穀類で作るものなのに、それが白葡萄酒やシェリー酒などの果実酒のような味がするのは何故なのだろうか（シェリー酒というのは、白葡萄酒にブランデーをぶち込んだものである）。一般に、穀類で作るアルコール飲料はウイスキーだとか、ビールだとか、ジンだとかいう、どっちかと言えば粗末なもので、これに対するはっきりした例外が日本酒と支那の老酒《ラオチュー》であるが、日本酒の方が果実酒、或はその中の葡萄酒に近い。そして果実酒の中では、葡萄で作ったものが問題なく優れているから、東西でフランスの葡萄酒と日本の酒が両横綱を張っていることになる。

それに付けても、いつも思うのは、日本酒が貯蔵出来ないのは何故なのかということで、老酒に古酒があるのは葡萄酒と同じであり、葡萄酒のように、どこの酒は何年のが出来がいいと一々覚えているのかどうかは解らないが、古酒が尊ばれることは確かである。又、前にもどこかで書いたことをもう一度繰り返せば、日本酒が一年もてば必ず悪くなるという訳でもないので、昭和二十八、九年頃に山形県の酒田に行った時、そこの初孫という酒の、昭和十四年に米穀統制令が実施されるのに先立って作ったのを出されて、これはもう西洋のどういう風な酒に似ているなどということを考えさせない、大した酒だった。貯蔵の設備がいいということもあるのだろうが、兎に角、日本酒がこれで少くとも十五、六年は持って、その間に葡萄酒と同様に、味が益々枯れて来るものであることが解る。その色まで古いブランデーのように淡くなっていたのを覚えている。

そうすると、これは醸造の方法とか、水の質とかいう難しい問題ではなくて、単に我々日本人が酒が古くなるのが待ち切れず、仮に少し取って置きたくても、その年に出来た酒の量が足りない位で、残るなどということは考えられないということなのかも知れない。それならば、これは立派なことで、フランス人でも、支那人でも、これには敵わないだろうと思う。そしてもう一つ、そのことに就て考えられるのは、そんな風に酒がやっと需要を満す位しか作れないというのは、日本人の大部分が比較的にいい酒を飲んでいるからだということで、支那人、或は少くとも、中共が革命を起すまでの支那人は言うに及ばず、誰もが子供の時から葡萄酒を飲み付けているフランス人でも、多くはその年に出来た一般用の、まだ生の葡萄酒で我慢しているので、皆がシャトー・ラフィットの一九二一年でなければなどと注文を付けたら、こういう葡萄酒の生産高から見て、一九二一年のシャトー・ラフィットは一九二二年の夏までにはなくなっていた筈である。

　併しここで別に、貴族的という風な言葉を持ち出すことはない。もし貴族的というのが洗練されているということなら、フランスの上等のシャトーものもいいものであるが、樽の日本酒もこれに引けを取らなくて、支那人が君子と呼んだのがどういう種類の人間なのか解らないが、飲んでいる間、何となくその君子になったような気がする。併しそれよりも確かなのは、飲んでいる間は日本酒を飲んでいる我々であることで、かなり最近まではそれが我々日本人だけだったのが、この頃は戦争のお蔭なのか、同好の士が外国でも大分殖えている。少くとも、外国にいる友達が日本に来て、日本酒でいい気持にならなかったのはまだ一人もいなくて、これは、葡萄酒というものがその葡萄酒の味や匂いで喜ばれて、日本酒に日本酒のような味と匂いがあれば、寧ろ当り前な話である。インド洋やウラル山脈、或は太平洋を越えたからと言って、人間の味覚が変る訳がない。

　所が、日本酒はそんなに遠くへ持って行くと、余程気を付けなければ、味が変る。これは前に触れた、貯蔵するのに適しているか、いないかの問題とも関係があることかも知れないが、その点に就ては、酒というものが一般に自分が作られた所から離れるのを好まないものなので、そのことに掛けて日本酒は酒の中でも酒らしい性格を備えているから、これが安全に運べる範囲は先ず日本国内と考えなければならない。葡萄酒も、高い金を払えば、日本でもフランスの上等な葡萄酒が手に入る。併しそれがフランス、或は英国で飲むのと同じ味がするかと言うと、偶《たま》にあり付けた感激を差し引くならば、これは余り自信を持って答えられることではない。まして、日本酒はその点、敏感であって、ニューヨークやベルリンで飲むのでは、英国のダービーで勝った馬をアメリカに連れて行くような具合に運搬するのでなければ、現地の酒に負けるのに決っている。

又、それでいいのではないだろうか。スコットランドのウイスキーが世界中に輸出されると言っても、それはウイスキーだからで、そのウイスキーでさえも、スコットランドで飲んだ方が段違いに旨い。フランスの葡萄酒の輸出先は主に英国で、晴れた日にはフランスのカレーから英国のドーヴァーの白い崖が見える。どこへ行っても、そこで飲める旨い酒があって、その酒は遠方から持って来たどんなものよりも旨い。日本酒が好きな人間が外国にも殖えたからというので、これを缶詰にしてまで外国に送り出すことはなさそうに思える。日本の海の色が、或は松の緑が外国に持って行けるものだろうか。土地の酒というのも、そういうものであって、凡て上等な酒はその土地のものなのである。

2

どこへ行っても、その土地の酒が一番いいとなると、例えば、日本にいて日本酒と洋酒とどっちが好きかというようなことを、少くとも飲み助に聞くことはない。併しそれでも、日本人に限らず、日本酒が好きになったものが外国で日本酒の味を思い出したり、日本にいる人間の頭に、ヨーロッパで飲んだ洋酒のことが浮んで来たりすることもある訳で、洋酒の旨いのは、やはり結構なものである。先日、ロンドンで御馳走してくれた人が東京に着いたので、今年の菊正で一晩飲み明した後、翌朝になってから、その人に御馳走になった洋酒の数々が久し振りに記憶に甦った。これは洋酒の方が味が単純だからなのかどうか、そこの所は疑問であるが、日本や支那と違って、洋酒の本場では同じ一つの種類のものを飲み続けるということがない。外国の雑誌の広告を見ても解るように、食前に飲むもの、食後のもの、食事中に飲むものという風に、色々ある。

飲むことから食事が切り離せないのは、日本酒以上であって、これは尤も、日本酒だって食べながら飲んだ方が、本当はずっといいのである。併し日本酒には、食べなくても或る程度は栄養になるものが何かあるようで、それで肴は塩や味噌を舐める位で飲むという不衛生なことにもなるのかも知れない。兎に角、洋酒は食前から食事中、そして食後も飲み続けるのが定石で、それで酒の種類も多い。シェリーというのは、食前に飲む酒の中に入るが、この酒に就ては既に書いた。この他に、食前の酒というのはまだ幾種類もあるらしくて、ただ皆、甘口のようなので飲んで見たことがない。昔はパリの街を歩いていると、この食前の種類に属する酒の広告が大概の所に出ていたものだった。アメリカの観光客がビールを頼む時、よく給仕が勘違いして持って来るビルという酒など、街のどこかにその名が見えないことはなかった。併し今のパリのことは解らない。

そんなのはどうでもいいとして、食事になると、葡萄酒が出て来る。これが料理屋で食事をするのだと、献立の他に酒の表を持って来させて選ぶのが楽みだし、人の家に呼ばれて行ってのことならば、給仕が注いで廻る酒の瓶に何と書いてあるか、見ずにはいられない。葡萄酒が決して日本酒のようにお銚子などに移さずに、もとの瓶のまま出されるのは、その為もあるのだろうと思う。見ると、呼ばれるのが楽みである程の家ならば、ムールソー・ジュヌヴリエールだとか、モンラシェだとか、コルトン・シャルルマーニュだとか、イケムだとか、或は赤葡萄酒ならば、シャンベルタン、ロマネ・サン・ヴィヴァン、シャトー・ムートン・ロッチルドなどと書いてある。実は、ブルゴーニュ地方の葡萄酒とボルドー地方との違い位は解っても、同じ地方のどの何というのがどこのと比べてどんな特色があるというようなことは、まだとても一々覚えていられる程、葡萄酒というものを飲んだことがない。

併しながら、いい葡萄酒の名前と、出来が上等だった年を幾つか知っていれば、瓶に貼ってある紙を見ただけでこれから飲むものが旨いか、まずいかの大体の察しは付く筈である。看板に偽りはなくて、そのロマネ・サン・ヴィヴァンだとか、シャンボル・ミュジニー・レ・ザムールーズだとかが注がれると（年は例えば、一九三七年）、食卓の明りの具合では、黒に近い色に熟した葡萄の光沢だけが、瓶から移されて盛上って行く感じがする。味は、今更言うまでもない。いつも不思議な気がするのだが、葡萄酒は勿論、冷やで飲むものなのに、殊にブルゴーニュ地方のは、急に何か日が当っている場所に出たような、或は、日光が体の中に差し込んだのに似た感じになることである。尤も、これは別な風にも形容出来るので、廻りに俄かに派手な音楽が起ると言ってもいい。葡萄酒には、そういう陽気な一面が確かにあって、これは一般に、酒というものが我々に考えさせるものではなしに、葡萄酒を飲む時に特有のものなのである。

給仕が酒を注いで廻れば、同じく給仕が料理の大きな皿を持って来るが、自分の番になってその料理の一部を取り分ける際には、なるべく少しにしなければならない。というのは、余り欲張ると、食べるのに手間が掛ってそれだけ飲む時間が少くなり、給仕の目に付く程度にいつも自分のコップに入っている酒を減らして置かなければ、給仕が注ぎ足してくれないからである。西洋料理などというものは、或はもっと広く言って、どんな食べものでも、又それを食べる機会に何れは巡り合えるのに決っていて、仮にそれが二度と来なくても、太陽がお腹に入るのをいつ又経験することが出来るかということに比べれば、大して惜しがることはない。併し上等の葡萄酒というのは、その一瓶毎に独特の時間が湛えられていて、三度の食事にこと欠かない限り、食べものなどとこの貴重な時間が換えられるものではない。併し葡萄酒も洋酒で、前にも言った通り、洋酒は食べものと切り離すことが出来ないから、なるべく手間を掛けずに食べられるものを少し取る。

洋酒が何か食べながら飲むものであることは、食事が進むに連れてはっきりして来る。空き腹にシェリー、白葡萄酒、赤葡萄酒と流し込んだら、どんなことになるか解らないが、そこは相当に脂っこい料理で腹に抵抗が出来ているから、飲むに従って酒も旨くなる。殊に、幾ら少ししか取らなかったのでも、ブルゴーニュ地方の赤葡萄酒と野鳥料理の組み合せというようなものは、これはそれだけでも試みる価値が充分にある。兎に角、それで食事もどうやら終りに近づくと、洋酒が楽みたいなら食べなければということが、もっとはっきりする。というのは、愈々《いよいよ》コーヒーになって、それからブランデーが出るからである。何と言っても、葡萄で作った酒はブランデーに至って極まる。或は少くとも、充分に腹拵えが出来て、葡萄酒その他で飲む方も相当な所まで行った時、ブランデーになれば、そう思う。本当に楽むのには、それだけのお膳立てが必要なのだから、贅沢な話であるが、ブランデーというのはその味も、強さも、匂いもそういう贅沢なものなのである。この酒には確かに太陽が入っている。

ここで少し横道に逸れるならば、英国人の間には面白い習慣があって、コーヒーが出る頃になると、い合わせたものの中の女だけが席を立って別室に行き、そこでお互にお喋りをしている間、男はい残って飲み続ける。これは、本当に飲みたくなれば同類だけでそれをやりたいという、飲み助の心理に添ったものに違いなくて、又、女は女で男に付き纏《まと》われるのから、こうして暫くでも逃れるのが息抜きになるということは、これは或る英国人の女から聞いたことがある。又この時、男ばかりになった食堂に、この習慣がある英国ではポートが出ることもある。必ずという訳ではなくて、それはこの日本のポートワインとは凡そ違った高貴な酒が、今日では英国でも高貴になり過ぎて、容易に手に入らないからではないかと思われる。そんな酒だから、ここでそれがどんなものか書いた所で仕方がなくて、この辺で女の客達がいる応接間の方に、他の男達と移った方がいい。そこでは又飲んで話が弾むので、それを見てもこうして一時別れるのが、一種の精神の衛生からであることが解る。

客に呼ばれて飲む時のことばかり書いて、料理屋に自分で出掛けて行く時のことに触れることが出来なくなった。その埋め合せを何れはするかも知れないが、面倒なので止すことになりそうな気もする。そんなことよりも、もう一度そういう料理屋に行って見たいものである。

3

日本酒と葡萄酒のことを書いた後、他に何があるのだろうか。人間が一生のうちに飲める酒には、量のみならず、種類の上でも限りがあって、葡萄酒だけでも、ありとあらゆる種類のものを飲み尽すのは並大抵のことではない。そんなことをした人間はまだいないのかも知れなくて、勿論、それで少しも構わないのであり、葡萄酒通というようなものには、なればなったただけのことで、佐渡の勇駒《いさみこま》という日本酒しか飲んだことがなくても、これが結構旨い。又、色々な種類を知っているから、旨い酒を旨いと思うのでもないので、話は寧《むし》ろその逆である。我々が生れて育って、酒の味を知ってから、その旨さを頼りに初めに飲んだのとは別な旨い酒も知ることになるので、凡ては我々が酒を旨いと思うかどうかということ一つに掛っている。

酒は旨ければいいのだとなれば、こんな話がある。或る英国の旅行家がシェリー酒の産地であるスペインのヘレス地方に行って、シェリー酒の醸造元の中でも大きいゴンザレス・バイアス会社の工場を見学した。そして葡萄の汁を搾る場所や、それを入れた樽の置き場などを、何とも悲しそうな顔付きをした案内人に連れて廻られてから、出来上った酒の大きな樽が並んでいる所に漸《ようや》く着くと、そこへ細長い管を持った男がもう一人現れた。

案内人はその樽の一つを指して、今にも泣き出しそうな顔をしながら、

「ティオ・ペペ」と言って、もう一人の男に合図する。つまり、それがティオ・ペペという銘柄のが入っている樽で、管を持った男は早速それを樽に突っ込み、旅行者と案内人の為に中身を二つのグラスに注いで渡す。それからもう少し先の樽の所へ来ると、案内人は、「アポストレス」と言って、今度はそれが二つのグラスに注がれる。その頃から、案内人は幾らか元気が出て来たようで、旅行者がアポストレスのお代りをしないのを不満に思っている様子を見せる。併し又その少し先の方まで歩いて行って、

「マトゥサレム」と言う。

そんな風にして、この二人はそこにあるだけの銘柄を一杯ずつ飲んで廻って、最後に、やはりそこで作っている何とかいう銘柄のブランデーを一杯ずつ飲む頃には、案内人はすっかり陽気になっていて、シェリーで解決することが出来ない問題などとい

うものはないのだと旅行者に教える。世界中から、真面目にシェリーの研究をする積りで色々な人間がそこの工場へやって来て、そうして一廻りすればもう質問もしなければ、ノートも取らなくなる。その樽が並んでいる倉庫まで来て、一切の苦痛も、悲みも終るのだというのである。そして聞いている方の旅行者も、それまでにすっかりいい気持になってしまっていて、後で今度はそこの記念品が陳列してある所に連れて行かれて歴史的なシェリーが入っていた樽などを見せられても、そんなことはもうどうでも宜しいという訳で、ただ自分の酔い加減の素晴しさに一人で悦に入っている。併しそれよりももっと面白いのは、工場の見学を終って外に出ると、朝来た時と同じ暑いスペインの真夏なのに、辺り一面が薄暗くなっているので、通り掛った百姓に夕立ちが来るのではないかと言うと、百姓がげらげら笑い出して、シェリー工場はどうだったと聞く。つまり、旅行者は自分が日除け眼鏡越しにものを見ていることを忘れているのである。

これはオナー・トレーシーという人が書いた「シルクハットで朝飯抜き」というスペイン紀行の一節であるが、こういう具合に酒の工場などに行って昼日中から酔っ払ってしまうのは、全くいいものである。ということは同時に、どんな酒でも、それを作っている所で飲めば旨いのだから、その酔い心地には酒が上等であることも入っているということであって、酒が旨いのと、それに酔うのは決して別ものではない。私は酒を鑑賞するだけでなどということを言う人間は、それが下戸でない限り、ぶん殴ってやって差し支えないということはなくても、心理的には先ずそれに近い。酔うのにも色々な酔い方があるが、酒は酔う為に作られるので、一升飲んでも、二升飲んでもどうもないとか、酒の味が解れば沢山だとかいうのは、嘘であるか、或はもしそれが本当ならば、飲むだけ無意味である。それに、酔わずに酒の味が解るということはあり得なくて、酒というものの性質から言っても、酒を旨いと感じた時に、既に酒は多少とも体の中を廻り始めている。

併しオナー・トレーシーも、自分が日除け眼鏡を掛けて空が暗くなったと思っていることを指摘したスペインの百姓をぶん殴りはしなかった。それが上等な酒、つまり、旨い酒の不思議な所で、旨い酒を飲んで乱に及ぶというのは滅多にないことであり、それがあった時は、飲み手の方がどうかしていたと考えなければならない。幾ら旨い酒でも、それを飲む人間が名うての性悪だったり、がりがり亡者の高利貸が百万円損をしたような悩みでひしゃげたりしていることにまで責任は持てなくて、そんな場合には、旨い酒でも悪酔いするものらしい。併しこういうのは例外であって、尋常一様の人間に就て言うならば、酒が旨いというのはその味がいいということであるとともに、飲んでいるうちに体がどことなくふわふわして来ることでもあり、羽化登仙《うかとうせん》した積りで立ち上ると、別によろめきもしないのは、これも不思議である。必要とあれば、又、踊りを知っていさえすれば、踊ることも出来る筈であって、それであの「勧進帳」の弁慶は一升酒だか何だかを飲んだ後で富樫《とがし》の前で舞う。

弁慶も強かったのだろうが、これはあの酒が余程旨い酒でもあったことなので、「勧進帳」で富樫が弁慶の一行に差し出す砂金の袋の他に、この酒はこの芝居が興行される毎に我々の注意を惹いて止まない。十二世紀の日本には、どんな酒があったのだろうか。清酒が出来たのは江戸時代になってからということだから、所謂、清酒ではなかったのだろうが、弁慶の飲み方を見ていると、あれは濁酒ではない。「勧進帳」が書かれたのも江戸時代であるから、あの飲み方も作りごとだと一応は考えられても、義経が衣川で討たれた時、その首をいい酒に漬けて鎌倉に送ったとものの本にあり、濁酒に首を漬けて、奥羽から関東へ行くまで持つ訳がない。そうすると、先ず濁酒を作り、その上澄みを更に何かの方法で精製するということがあったのかも知れなくて、それを思っただけでも旨そうな感じがする。例えば、それは冷やでも飲めたのではないだろうか。弁慶が飲む酒は確かに冷やで、それにあんなに沢山の酒を一時に注いで飲ませるのに、お燗などしていたらば義経の正体がばれてしまう。

旨い酒というのは、全く結構なものである。飲めば飲む程よくて、李白がいい加減飲んでから相手に、眠くなったから明日又来いと言ったのは、何か腑に落ちないものがある。恐らく、これは詩が四行続くうちに破天荒の量を飲んだということなので、それだけ飲めば誰でも眠くなる。又、それが上等な酒のいい所なので、記録破りの飲み方をしても、せいぜいが眠くなるだけであって、別に卓子を叩いたり、窓ガラスを壊したりしたくはならない。眠くなって、安らかな一夜を過し、二日酔いもしなくて、それで詩人も、明日は琴を持って来なさいと言っている。二日酔いだったならば、琴など聞ける訳がない。

酒談義

1

飲みものや食べものに就て書く種が遂に尽きたので、今度はなるべく真面目に、酒を飲む上で覚えたことや経験したことを頭に浮ぶままに書いて行って見ようかと思う。勿論、それで少しでも後進の諸氏の参考になることがあれば望外の喜びであるとか、もとより未熟で、行き届かない点に就ては大方諸賢の御叱正を乞うとかいう底意が全くない訳でもないが、本当の所は要するに、その他にもう書くことがなくなってしまったのである。

先ず、洋酒から始める。その昔、英国でどういう事情によるのか今は忘れたが、何かそんなことになる因縁があって、朝、ウイスキーを飲もうとした所が、一緒にいた英国人に反対されたことがある。これは何故いけないのか、或はその時はいけなかったのか現在でも解らなくて、同じく英国で他の英国人と朝ウイスキーを飲んだことは幾らもあるから、これは或は単に、こっちがウイスキーを飲んでもその代金を払ってはくれないという意思表示位のことだったのかも知れない。併《しか》し確かに、ウイスキーだろうと何だろうと、朝から飲むというのは旅行でもしていない限り、一般には余り行われないことで、差し当り、一日の順から言うと、先ず飲むのが昼の食事を始める前ということになるだろうか。例えば、カクテルなどということになるが、カクテルの飲み方に就ての心得は至って簡単であって、それはカクテルなどというものは飲まない方がいいということに尽きる。

カクテルのことを何故、日本ではカクテルと言うのか、何れこの言葉に就ては例えば、カステラと同じ然《しか》るべき語源があるに違いない。兎に角、これは既にそういう日本語になっていると見て先ず差し支えなさそうで、そのカクテルそのものに就ては、今日ではもう説明する必要がない。これは洋酒の安ものを色々と混ぜて作ったもので、洋酒の安もの、というのは要するに、洋酒にも色々あり、その安ものの混ぜ方にも色々あるから、従って又、その結果であるカクテルにも色々ある。併しここでは、そんなものは飲まない方がいいという建前で書いているのであるから、その種類に就て説明することもない。それよりも、安もので出来ているということは、これは或はもう少し言葉数を費すべきことかも知れなくて、そしてそれは事実なのである。洋酒でも、いい酒を混ぜて飲むというのは勿体ない話であるが、カクテルにいい酒を使っては却ってまずくなるのであって、それだけなお更、勿体ないのである。

実際に経験したことで、前にこんなことがあった。まだ占領中の頃、何か陸《ろく》でもない、どうせPXだか、OSSだか、WAACだか、どこかそんな所から闇で流されたのに違いないジンをお歳暮に貰ったことがあって（その頃はそういうものが贅沢な贈答品になっていた）、その時思い付いてこれに屠蘇散《とそさん》を入れてお正月のお屠蘇に使ったら、それが実に旨かった。お屠蘇は地が普通、日本酒で、それに屠蘇散が加えられるから、余り強くない割にはそう何杯も飲めないのが欠点だと考えていた所が、日本酒の代りにジンが使えることがこれで解ったので、お屠蘇でも結構、酔えることになった。と安心したのは少し早計だったので、その後、もう少しいいジンが手に入るようになってから、いつもの伝でやって見たら、飲めたものではなくて、その頃はもう占領中に闇で取り引きされていた種類の自然発火しそうなジンは買いたくても買えなくなっていた為に、お正月のお屠蘇で一杯やる楽みが又駄目になってしまった。

お屠蘇はカクテルではないかも知れないが、混ぜものである点ではお屠蘇もカクテルも同じで、いいものはそれだけで何か一つのものであるように出来ているのであるから、混ぜるのに適していないことは、何もお屠蘇で実験して見なくても解る筈だと、これは後になって気が付いた。例えば、ジンにトニックを足すとか、蟹の甲羅に日本酒を注いで飲むとかいうのは、これは片方のものが主である時にそれにもう片方のものを添えるだけのことなので、それがカクテルでは、サンダーボルト・カクテルではブランデーとウイスキーとジンを等分に混ぜることになり、その際に何れも充分にそれだけで楽めるブランデーやウイスキーやジンを使って感じがいい結果になる訳がない。それで、旨いサンダーボルト・カクテルを作るには、と言ってここで銘柄を挙げては、それを作っている所の営業妨害になる。要するに、一番安いジンとウイスキーとブランデーを買って来て、それを混ぜればいいのである。

但しその結果に就て保証出来るのは、飲んで意識がある間は旨いだろうということだけである。何も、カクテルというものがまずいなどとここで言っているのではないので、これはまずい洋酒を旨く飲ませる方法なのだから、方法に間違いがなければ、それで出来たものは旨いのに決っている。併しこれは全くただ、まずいものを旨く飲ませる為だけのものなので、毒を旨く飲ませれば、飲まされた人間は死ぬし、カクテルを旨い、旨いと思って飲んでいると、どんなことになるかという体験から、カクテルなどというものは飲まない方が安全だという結論を得るに至ったのである。第一、材料が何だか解らなくしたものを飲んでいるのであるから、これは何だからどうすべきだとか、その何にしては旨いとか、まずいとかいう、計算も立たなければ、楽みもなくて、ただ口当りがいいので飲んでいるうちに酔ってしまうのである。

その顕著な例は忘れもしない、福田恆存氏訳の、作者は誰だか覚えていない「老人と海」が出た時の記念会で、その場所もどこだったか思い出せないが、確かなことは、その時、ドライ・マテニーというカクテルを六杯飲んだこと、或はもっと厳密に言えば、六杯目を飲み始めたことまでで、それから先の記憶が途切れている。「老人と海」を書いたアメリカの小説家が何という名前だったかも、その六杯のドライ・マテニーを飲んだのが何というホテルの何階だったかも覚えていないのは、これもこのカクテルのせいかも知れない。このドライ・マテニーというのはジンとドライ・ベルモットで作る、兎に角、辛口のカクテルで、どうもベルモットの量が少ければ少い程、口当りがよくなるらしい。それで、一番旨いドライ・マテニーを作る方法は、先ずカクテル・グラスにドライ・ベルモットを一杯になるまで注いで、それからそれを捨てて今度はそのグラスをジンで一杯にするのだということを聞いたこともある。

　そんなものが体にいい訳がない。序《つい》でだから、カクテルの害に就てもう少し説くならば、凡そカクテルに入れるのに使われていて、それだけで殆ど誰も用がない種類の洋酒に陸《ろく》なものはない。クレーム・ド・ヴィオレットというのがあって、一種のリキュール酒らしいが、その名の通り、紫色をしていて綺麗だものだから、或る晩のこと、或るバーでこれを飲んで見た所が、別にどうということはない甘い酒だと思っているうちに、翌朝になって、頭が割れそうに痛み始めた。あんなひどい目に会ったことがなくて、これには和漢洋の二日酔いの薬が役に立たなかった。そしてバーテンさんに後で聞いた所によれば、これはカクテルに入れる他に殆ど使い道がないリキュールだそうである。この他に、何という名前だか忘れたが、藍色をしたのがあって、先に紫色の方を飲んで翌朝、そういうことになったから、この藍色のは飲まずに今日に及んでいる。恐らく、ブルー・ハワイ・カクテルとか何とかいうのに入れるのだろうと思う。以上のことから得られる教訓は明白である。カクテルなどというものは飲まない方がいい。

2

洋酒の次には日本酒のことに移ろうと思っていたのであるが、その洋酒に就て言ったことがカクテルは飲まない方がいいというのだけでは話にならないからもう少し洋酒のことを書く。

それで、カクテルなどというものは駄目だから、カクテル・パーティーに行った時にはウイスキーの水割りかソーダ割りを飲むのに限る。水割りとソーダ割りのどっちがいいかは好きずきであるが、ソーダにはソーダ自体の味があって、その上に口の中でも泡が立って煩《うる》さいから水割りの方がいいような気がする。ウイスキーを生《き》のままで飲んでは間が持たなくて人のウイスキーなのだから金の心配をする必要はないものの、会が終るまでそんなものを飲み続けてはカクテルのお代りをするのと同じ結果になる。それにどういうのか、ウイスキーは水かソーダを割っただけで恐しく衛生的な飲みものになって、その間は結構いい気持になるが、後に何も残らなくてもの足りない位なのがカクテルとは正反対の特色である。泥酔することなどは絶対に出来なくて、それ故に会場で大してへまをやらないですみ、少し控え目にすれば一時間が二、三杯で過せる。ウイスキーというのは、どうもそういう飲みもののようである。晩の食事の後で色々とリキュール酒が運ばれて来る中にウイスキーを滅多に見掛けないのは、これがスコットランドの酒で、社交上の仕来りが大成されたヨーロッパ大陸、及びその一部をなす限りでの英本国では最近まで余り知られていなかったということもあるに違いないが、知られるのにそんなに時間が掛ったのも、ウイスキーにはそうした何か雑な地酒の味があるからではないかと思われる。ブランデーと比べれば直ぐに解ることで、気品というものがウイスキーにはない。飲んで、確かにウイスキーだと思うことがあるし（これは勿論、生で飲んだ場合である）、匂いにもどうかするとウイスキーに特有の香りという風なものが認められもするが、思いをそのような直接の事情を越えて、例えば、丘の斜面に日が当っている葡萄畑に誘うという種類のことをウイスキーに期待することは出来ない。原料が違うと言っても、同じく穀類で作った日本酒にはそういうものがある。

ウイスキーがウイスキーなどというものではない、何か恐しく旨いものに思われるのはスコットランドで飲む時である。これはこういうかなり強いものも含めて、先ずどんな酒でも、それが出来た場所で飲むのが一番いい味がするという、酒というものの一つの原則に従っているらしくて、河の水までがウイスキー色をして流れているスコットランドでは道端の小さな飲み屋で飲むウイスキーも例外なしに旨い。多くは、我々が日本でも知っているホワイト・ホース、ブラック・エンド・ホワイト、ジョニ赤、ヘグ・ヘグなどの普通のウイスキーを入れた小さな樽が幾つか壁沿いに並べてあって、ホワイト・ホースは味が柔くてという種類の、日本で得た知識がそこでは通用しないのは、どの銘柄のものを注文しても、それが兎に角、出鱈目に旨くて、何というウイスキーを飲んでいるということを考える気がしなくなるからである。

スコットランドで飲むウイスキーは、我々が日本で高い金を払ってウイスキーだと思っているものと、灘で飲む生一本が北海道まで持って行ったのと同じではない位、違っている。

ウイスキーをスコットランドの地酒から昇格させてヨーロッパ諸国で出来る一流の酒の仲間入りをさせる為に最初に積極的に努力したのは英国国王エドワード七世であるが、王がそういうことを考えたのも英国の王室の離宮がスコットランドにあって、スコットランドの本場のウイスキーに接する機会が多かったからではないかと思われる。晩の食事の後で他のリキュール酒とともにウイスキーを出すことを奨励したのもこの王である。そして又、ウイスキーの中には王室の他に、極く少数の特定の得意先に送るのに足りるだけの量しか作っていない、英国の外では名前も知られていない限定版式のものがあって、確かにこれにあり付けた時は、ウイスキーを飲んでいるという感じがしない位旨い。併しそこから出発して、我々がカクテル・パーティーで衛生上の見地から水で割って飲むウイスキーまで一貫した味の系統という風なものを辿ろうとしても、それがどうも途中でどこかに行ってしまって、そんなに特別に限定版式に作ったのでなければ旨くない飲みものというのは、兎に角、その本場で飲むのでなければ信用出来ないのである。

ウイスキーのことを書いた序でに、これにはスコットランドと日本で作るものの他に、アイルランドのウイスキーがある。これは醸造法が違っていて、ウイスキーなんかと思っている時に飲むと、泥炭を焚いた煙の匂いがしてなかなかいい。大ざっぱに言って、同じケルト族であっても、アイルランド人の方がスコットランド人よりも何を考えているのか解らない、のであるよりも、そうとでも形容する他ない途轍もないことを考えている摑まえどころがない人種であって、この遠景が空気中の水分で煙っている感じがアイルランドのウイスキーにもあり、少くともこれならば、コニャックに対するアルマニャック程度には珍重出来る。併しこれは、空気中の水分で遠景が煙っているウイスキーであるから、水などで割って飲むものではなさそうである。或るアイルランド人の友達の話では、これは先ず一杯、グラスを乾して、次に黒ビールを一杯ゆっくり飲み、次に又このウイスキーを一杯という風にやるのがいいということであるが、これはまだやって見たことがない。

もう一つ、ウイスキーに因んで、ドランビュイという不思議なスコットランドの酒がある。リキュール酒の中でもシャルトルーズとか、ベネディクティーヌとかいうのは、それを作っている僧院の秘伝の製法で醸造されるものであるが、ドランビュイもそうした秘伝によって作られる酒で、何で出来ているのか解らない。壜に書いてある説明に従えば、これは所謂、スチュワート王朝が英国から追われた後、その子孫の一人がこの王朝の出身地であるスコットランドにフランスから潜行して復位を画策していた時、誰かにその製法を教えたものだそうで、それをこの王子が誰に習ったかは書いてない。どこかシャルトルーズに似て甘ったるくって、それでも、これもシャルトルーズと同様に三杯位までは楽める強烈な酒で、ウイスキーの泥臭さもこのドランビュイには殆ど感じられない。原料も違うものと思われるが、果実酒でもないようで、どことなく蜜が入っているのではないかという気がする。

このドランビュイというのを最初に飲んだのは、ウイスキーはスコットランドで飲むということを知ったのと同じ時だった。つまり、始めてスコットランドという所に行った際で、エディンバラの市長が我々の一行に一本ずつ小さな壜に入ったものをくれたのがこのドランビュイだった。スコットランドというのは変った国柄で（これは曽ては独立の王国だった）、山岳地帯はやたらに貧しくてウイスキーと羊の肉とバッグパイプという、何とももの悲しい音の楽器の音楽しかないかと思うと、エディンバラのような見事な都会がある平原の部分には、昔からフランス直輸入の文明がある。例のメリー・スチュワートという女王は、初めはフランスのヴァロア王朝のフランソア二世に嫁いで暫くフランスにいたのが、王の死後、スコットランドの王位を継ぐ為に故郷に戻って来たので、そういうことがドランビュイと何の関係があるか解らないが、何だかあるのではないかという気がする。

カクテルだの、ウイスキーだの、実際はどうでもいい飲みものに随分、手間を掛けてしまった。尤も、カクテル党などという人種は先ずなさそうに思えても、ウイスキー党というものはあって、第一、ウイスキーなんかというようなことを言えばスコットランド人が怒り出すのに決っている。併し兎に角、ウイスキーに就てこっちが知っていることは、既に書いた通りである。

3

もっと増しな飲みものに就て言うと、もともとカクテルの話が出たのは、一日のうちで普通、一番早く何か飲むのは昼の食事の前辺りだというようなことからだった。そしてその際に飲めるカクテルよりも大分、上等なものにシェリーがある。シェリーというのは、その辛口のいいのはいい辛口の日本酒に似た、併し穀類ではなくて葡萄から特殊な方法で作ったスペインの酒で、その産地のヘレスが英語で訛ってシェリーになった。

どうも、これは英国人が育てた酒のようで、スペイン本国のことは別とすれば、シェリーと言うと英国のどこでも通るのに対して、フランス語でシェリーのことをクセレスと言うのは字引でも引かなければ、フランスにいても解らないし、その他のヨーロッパ諸国でシェリーを飲むということを聞いたことがない。それ程、シェリーは大量に英国に輸出されているのみならず、ヘレスにあるシェリーの造り酒屋には大昔にスペインにい着いた英国人の子孫がやっているのもあるらしくて、ティオ・ペペという旨いシェリーを造っているゴンザレス・バイアスという会社の名前も、後の半分が英国臭い。

兎に角、これは辛口の上等な日本酒を葡萄で作ったような酒である。尤も、原料が葡萄であるから匂いは違って、それが何かの木の実を思わせる、と言っても勿論、酒というものに就てのこういうことは自分で飲んで見なければ納得が行くものではない。その意味で残念なのは、日本にもシェリーが来ることは来ていても、それが英国の安料理屋にあるようなものばかりで、そういうのでシェリーが旨いとか、まずいとか判断するのは難しいということである。これは別に通ぶっているのではなくて、日本酒でも、缶詰めにしてアメリカ辺りに輸出されたのに就て、こくがないとか何とか言って見た所で仕方がないというのと変りはない。それに日本酒よりもシェリーの方が比較的に遠い所に持って行き易いのであるから、いいのが日本に入って来ないのは需要が少いからだと見られて、勿論、そんな外国の酒を無理して飲むことはないが、それでもいいシェリーを飲むと旨い。

日本でシェリーの効用の一つに数えられることは、前にも言った通り、その味が日本酒に非常に似ているので、これから日本酒を飲むことになっている時に、先にバーなどでシェリーを飲んでも、そのままの舌で後で日本酒が飲めるということである。それがカクテルなんかだったらば、日本酒が酒の味がするまでに一、二合は空けなければならなくて、ウイスキーの水割りでも、日本酒と味が違い過ぎる。そして日本酒とシェリーも全く同じものではないから、後で樽の菊正か何かを飲むことを思いながら、頭の半分は西洋にいて、シェリーがシェリーというものである以上、それから先が食堂のよく磨いた卓子に向って左手で手持ち無沙汰にパンを細かくちぎりながら、右手で白葡萄酒のグラスを口に持って行くことになるか、同じく木でも客の肘が擦り付けられて光っている飲み屋の台に両肘を突いて、左手でお猪口を口に運びながら右手であんこう鍋の肝を箸で突っつくことになるか、時間だけが決めてくれるような不思議に宙ぶらりんな状態に置かれるという楽みがある。

シェリーはそういう、ものを考えているとも、いないとも付かない具合になっている際に飲むのに適した酒である。本当は、細長いグラスに三分の二位注いで飲むもので、それ故に、と言っても、旨い酒は何でもそうなのだろうが、がぶ飲みするものではない。青いシャルトルーズは、雨が降る日に窓越しに街を眺めながら三杯までという名言を吐いた先輩がいて、シェリーにもそういう所がある。尤も、シャルトルーズと違って、シェリーはリキュールではないから、三杯位で止めなければならないということはないが、何か考えているのか、いないのか解らない状態で細長いグラスを偶に思い出したように持ち上げているならば、そう立て続けに何杯も飲むことにはならない訳で、一杯で過すことが出来る時間の長さという、或る意味では酒というものの一つの基準になることに掛けて、シェリーは凡ての酒の中で第一位を占めるものかも知れない（その反対が終戦当時の、あのカストリというので、これは茶碗に注がれた一杯を無我夢中で飲み乾さないと、とてもお代りが頼めるものではなかった）。「残酷な海」という小説に、そうしてシェリーを飲む場面が出て来る。そこはジブラルタルだから本場のスペインで、英国からドイツの潜水艦が群をなして待ち構えているビスケー湾を、どうにか船をそう沢山は失わずに船団を護送して来た軍艦の士官が、そのそれでも地獄を思わせる航海の後で、恐らくは世界の海軍に共通の整った服装をして料理屋の二階から街を見降しながら、細長いグラスでシェリーを飲んでいる。夕方で、街から水兵らしいのが喧嘩しているのが聞え、それは自分の船の乗組員かも知れないが、止めさせに立って行く気もしなくて、何れは憲兵がやって来るのに任せてシェリーとともにそこを動かずにいる。確かにそうだろうと相槌を打ちたくなる場面で、それがウイスキーの水割りだったりしたら、こうは行かない。英国人がウイスキーのようなものばかり飲んでいる国民だというのは誰が言い出したことか解らないが、英国人はそれ以上にシェリーとポートを育て、フランスの葡萄酒が今日あるのに一役買ったのであり、ウイスキーはその国籍を示して、その前にスコッチという形容詞が付く。

併しシェリーは他にも飲み方がある。これは比較的に安い酒で（関税が原価の倍か何かになっている日本で買っても、大したことはない）、それにこれを製造する過程でブランデーを途中で加えることになっているから、かなり強いものでもあって、それで飲む会をやる時に恰好な飲みものであり、皆でシェリーを持ち寄って飲むのを英国ではシェリー・パーティーと言っているらしい。或る時、これは本当かどうか知らないが、そうして集ったシェリーを大きな鍋に入れて煮立てた所が、何か猛烈に強い飲みものが出来たそうで、そのことでも察せられる通り、これはカクテルの会などと違って飲みものが残っている限り、続けられるもののようで、そんな風にして煮詰めたシェリーもなくなった後は、ウイスキーだの、ジンだのが出て来ることも想像される。それも一つの飲み方で、殊に、余り経済的に恵まれていない場合は、酒を飲んでいい気持になるのには恰好なことに思われる。

シェリーをそういう具合に飲んでどうなるかということに就ては、実地に経験したことがあって、前に或る英国人の所にお茶に呼ばれたことがあったが、これは文字通りにお茶の会で、主人が同情し、お茶の時に出してもいいことになっているシェリーを一本持って来た。それで元気が付いて、日本文学だか何だかに就てやたらに論じている最中に、初めは一杯だった壜が空になりそうになっていることが解って驚いた。今でも悪いことをしたとは思うが、酔い心地は普通で、二日酔いもしなかったのから見れば、その点も日本酒に似て、シェリーはそんな風に飲むことも出来る酒なのである。

4

それで愈々《いよいよ》葡萄酒の話になる。東洋と西洋にどんな酒があるかと聞かれたならば、東洋では支那に紹興酒、日本に日本酒、西洋には葡萄酒があると答えたくなるが、葡萄酒は始めて飲んで、大概のものならば別に何とも思わない点で日本酒によく似ている（書いているのが酒通ではないのだから、書いてあることもそれに準じる訳である）。その際、日本酒が色が着いた水ならば、葡萄酒はただ苦い味がするもので、それが白葡萄酒でも、苦いのがもう少し酸っぱい位の違いしかない。

馴れて来ると、そんなことを言うのが勿体なくなる。日本酒は話の順序でもっと後に廻すことにして、ただ比較する意味で引き合いに出すと、これは何度も飲んで気持が悪くなって吐いているうちに味が解って来るのに対して、個人的な経験から言って葡萄酒がいつから旨くなったのか、どうもはっきりしない。葡萄酒は、日本酒もそうには違いないが、食事の時に飲むように出来ていて、吐くというのが西洋風の作法によると、かなりひどいことになるから、葡萄酒を幾ら飲んでも、そんなに気持が悪くなるということはその性質から言っても、先ずない。併しその幾らでも飲めるということによって、これも飲んでいるうちに味が解って来るのだろうと思う。解ると、もうそれどころではなくなる。それに就ては、又しても日本酒のことが頭に浮ぶが、葡萄酒もいいのに当ると、飲むだけではなくて風呂桶をこれで波々と満して頭から浴びたくなる。ホメロスに、かの葡萄酒の色をした海という言葉が出て来るのは、その中で泳ぎたいという意味ではなかったにしても、酒飲みに懐しく感じられる。

その色のことで気が付いたが、葡萄酒には赤と白と、そのどっちでもない桃色のがある。シェリーのことを先ず書くという、食事の時に出る順序からすれば、葡萄酒も白いのから始めることになるようで、そうすると今度は、その白い葡萄酒にも色々あることを説明する必要が出て来る。併しこういう飲みものに就ての百科事典風の入門書は他に幾らでもあるのだから、自分が好きなものに就て気ままに話をして行くならば、第一に、白い葡萄酒にはフランスのブルゴーニュ地方で出来るのがあって、ここのが何よりも頭に浮ぶ。どうでもいいようなことから始めるならば、ブルゴーニュの葡萄酒は赤でも、白でももっと南の、ボルドーのと比べて、どことなく太った恰好をした壜に入っている。そのブルゴーニュの白葡萄酒にシャブリというのがあって、これは大体その罎の恰好で解り、これに貼ってある紙で確かにシャブリであるとなれば、後はただもうゆっくり、大事に飲めばいい。と言っても、葡萄酒はブランデーと違って、そう時間を掛けて飲むものではないから、先ずシャブリならば一人に大罎二本という所だろうか。その位やれば堪能することが出来る。併しその味の話をすることになると、これはそう簡単ではない。第一、シャブリはブルゴーニュであるが、ブルゴーニュの葡萄酒とボルドーの違いをどう説明したらいいのだろうか。葡萄酒が好きになるのは、先ずボルドー、それからそのうちにブルゴーニュ、そして最後に又ボルドーに戻るという順序になるのだそうである。併し個人的な経験から言うと、どうも初めからブルゴーニュの方が旨かったようで、そのまま現在に至っている。殊にシャブリなど、ボルドーで出来る白葡萄酒よりもこくがあるようで、そしてこれは説明し難いが、どこかもっと艶がある。喩えて言えば、ホメロスが歌った、これは勿論、赤葡萄酒の色をした海の光沢を集めて罎に詰めたと思わせるのがブルゴーニュの赤にも、白にもあって、ボルドーのはそういうものがないことが寧ろ特徴になっているらしい。

つまり、ボルドーの方がすっきりしているということになるのだろうが、そんなことはどうにでもなるので、それならばブルゴーニュのはどっしりしていて、ここにシャブリ、或はプイー・フュイッセ、或はピュリニー・モンラシェ・レ・ドモアゼルありと、力強く保証してくれるような味がする。併し酒というのは勿論、味だけの問題ではないので、ブルゴーニュの白葡萄酒を注いだ盃を口に持って行くと、ほら、唇を濡らしたよ、舌の上に乗ったよ、喉を通っているよ、お腹に降りたよと、酒の味、匂い、厚さその他、一切の機能を挙げて知らせてくれて、何だか生きているということが嬉しくなる。尤も、これはボルドーの白葡萄酒も入れて、いい酒の全部に就て言えることなのだから、これでは説明にならない。ただ、いつも思うことは、ボルドーの葡萄酒の上等なのはどこか、清水に日光が射している感じがして、ブルゴーニュのを飲むと、同じ日光が山腹を這う葡萄の葉に当っている所が眼の前に浮ぶ。

実は、最初に飲んだ大変に結構なブルゴーニュの白葡萄酒はシャブリではなくて、前に挙げたプイー・フュイッセというのだったものだから、この銘柄のことが妙にいつまでも記憶に残っている。というのも、シャブリはどうかすると日本でも手に入るが、このもっと長い名前の方のは、どこの店で売っているという話さえ聞いたことがないので、それだけなお何だか、その最初に飲んだ時のことが思い出される。ロンドンに行った年で、ロナルド・ボットラルという名が知れた詩人が晩の食事に呼んでくれた際に、これが出た（そういう恩人だから、特に名前を挙げて置く）。その晩は勿論、他の葡萄酒も出たのに違いないのに、この酒のことしか覚えていないのだから、余程旨いと思ったものらしい。シャブリと比べると、もう少し何かか細い感じがする酒で、これは壜がシャブリのよりも細いことからの連想だけではないようである。金持になったら、これを酒倉に並べて置きたい。

白葡萄酒にはブルゴーニュとボルドーの他に、同じフランスならばモゼル、又その直ぐ向うの、ドイツのライン地方で出来るのがある。尤も、ドイツのをラインヴァインと言って、フランスのをモゼルと呼ぶのかどうか、そこの所が余りはっきりしないが、要するに、どういう名だろうと、この一地方の葡萄酒は白が主なようで、これにはこれで独特の味がある。固い味だといつも思って、それなりに旨い。その銘柄の一つに、処女の乳という意味のがあって、それからも察せられるというのは、こっちの勘違いかも知れなくて、ドイツ人はとても旨い積りでこれをリープフラウミルヒと称しているのかも知れない。兎に角、後腐れがないさっぱりした味で、白葡萄酒は冷やして飲むものになっているということが、この種の酒に殊に合っている気がする。これなんかは、葡萄酒が始めてのものにはなおのこと、水のように思われるに違いない。

口に入れると、直ぐに喉の方で引き取ってしまうという具合の白葡萄酒である。

この方が先になって、ボルドーの白葡萄酒のことが一番終りになった。つまり、この種類の白葡萄酒も余り飲んだことがないのである。ソーテルヌとか、バルサックとかいうのもボルドーの白葡萄酒であるが、日本にいて遥かフランスの白葡萄酒のことを思っている時に、こんなのは話にならない。ボルドーの白葡萄酒で最高級と見做されているのがシャトー・イケムとか、ディケムとか呼ばれているもので、いつだったか、人の御馳走で高級な西洋料理屋に行って、安心してこれと生牡蠣を注文してひどい目に会ったことがある。上等な西洋梨の匂いがする甘い酒で、それと生牡蠣の組み合せではどうにもならなかった。併しこの酒の味が解らなければ、葡萄酒通とは言えないのだそうで、それでまだ通ではないのだと思って安心している。

5

今度は赤葡萄酒のことを書こうと思っていた所が、まだ白葡萄酒に就て、自分の乏しい経験でも書き残したことがあったのに気が付いた。前に、シャトー・イケムが甘くて飲めないと書いたのは、考えて見ると大分、昔のことだったので、今又そういう機会に恵まれたならば、どうか解らない。というのは、東京は銀座西の読売新聞社の傍に「ハンガリア」というハンガリー料理の店があって、ここにトカイというハンガリーの白葡萄酒を売っている。オーストリア・ハンガリー帝国時代にハンガリーのトカイで作っていた有名な酒で、それを人民共和国、というのだか何だか、要するに、今日のハンガリーでも作っているのが、読売の傍の「ハンガリア」で出すトカイである。そしてこれは甘くて、旨い。甘いには違いないのであるが、甘くても旨くて、人民共和国だか何だかから暫く入荷がないと言って断られた時は悲しくなる。帝政時代にはもっと旨かったかも知れない。

そうすると、フランスのシャトー・イケムも今飲めば、やはり旨いと思うこともあり得る訳で、旨ければ、こちらも葡萄酒の通ということになるのだろうか。そんなことはどうだって構わないが、何しろ、人民共和国の酒と違って、シャトー・イケムは日本では高い酒なので、この頃はもう誰も奢ってくれると言う人がいない為に、験《ため》して見ることが出来ないのが残念である。それからもう一つ、赤葡萄酒のことを書くのに先立って、赤と白の中間の桃色をした葡萄酒がある。フランスでヴァン・ロゼ、スペインでヴィノ・ティントと呼ばれているもので、どういう風にして作るのか知らないが、確かに桃色をしていて、これは冷やして飲めるので夏、スペイン料理の辛いのと一緒だったりすると楽める。ロンドンに「ティオ・ペペ」という、シェリーと同じ名前のスペイン料理の店があって、或る夏、友達がそこに連れて行ってくれて注文したこの葡萄酒はガラスの酒注ぎに入れてあり、いい気持がする味がした。

それで、赤葡萄酒のことになる。ボルドー産の方から始めると、ボルドーよりもブルゴーニュのものの方が旨いような気がすると前に書いたが、ボルドー産の赤葡萄酒のことで思い出したことがある。ボルドーのいいのは大概、シャトー何々という名前が付いていて、これはその酒が出来た葡萄園を指し、これに対してブルゴーニュのは、その殆どがシャトーなしで、それが出来た地域の名が付いている。それで或る時、やはりロンドンで、友達の所に晩の食事に呼ばれて行く途中、お土産にと思って、葡萄酒のいいのを売っているので知られている店に寄り、飛び切り上等の赤葡萄酒を一本と言ったらそこの主人が出して来たのが、シャトー・グリュオー・ラローズというボルドーの赤葡萄酒で、友達の家に行ってから早速開けて中身が部屋の温度に同じ位になってから飲んだら、これは立派なもので、日が当っていて木蔭が多い河を舟で下って行っているような気持になった。

そのグリュオー・ラローズに就てもう一つ覚えているのはその値段で、幾らかと聞くと、主人が返事したのが七十シリングと聞えて、これは日本の金で三千五百円程になるから、その位するのは当然だろうと思ってそれだけ出した所が、これは十七シリング、つまり、八百五十円の聞き違いで、一本七十シリングもする葡萄酒はないと主人に教えられた。日本で葡萄酒を買うと如何に高いかがそれで解るので、確かに、飛び切り上等の大壜一本が七、八百円ですんでこそ葡萄酒も人並に楽めるし、それで葡萄酒も酒のうちに入る。そう言えば、ロンドンでシャトー・イケムを飲むような贅沢はしなかったが、これも値段は一本二千円しかしなかった。それでも、料理屋でそんなものを注文すれば、アメリカの金持と間違えられて馬鹿にされる危険があって、これは日本で西洋料理を食べに出掛けることを思えば、葡萄酒代だけで四、五千円を覚悟しなければならないのとは大変な違いである。誰でもが飲めるから酒なので、金持は別だというのならば、金持は人間ではない。

その他に、シャトー・ムートン・ロッチルドとか、シャトー・ラフィットだとか、確かに飲んで旨いと思ったボルドーの赤葡萄酒はあるが、別に書くことが頭に浮んで来ないのは、やはりボルドーよりもブルゴーニュの方が好きだものだから、ブルゴーニュばかり漁っていて、ボルドーの経験が少いのだろうと思う。ブルゴーニュ産のものの名前にはシャトーが付かないということの一つの例外に、シャトーヌフ・デュ・パープという上等なブルゴーニュの赤葡萄酒があって、これも併しそういう地名なのである。鈴木信太郎氏はこれを法王新城と呼んでおられるが、この法王新城に最初に出会ったのは、英国のコメットを作っている工場で昼の食事の御馳走になった時だった。そこは繁昌しているのか、文字通りの御馳走で、葡萄酒が何とも旨いので色々とそのことを聞いたら、給仕頭がこの名前を紙切れに書いて渡してくれた。その後、この酒には幾度かお目に掛って、金の心配がなければ、これは日本で買うことも出来る。口に入れると、ブルゴーニュだぞという感じが体中に拡るような酒で、洋酒には滅多にないことであるが、この酒ならばそのお風呂に入ってもいいという気がする。

これは別に、銘酒の譜を作っているのではないから、思い出すままに書いて行くと、同じブルゴーニュの赤に、ニュイ・サン・ジョルジュというのがあって、これは日本でも随分飲んだ。というのは、或るクラブで毎週、何人かの友達と昼の食事に集っていたことが一時あって、そこの葡萄酒で信用が出来るのはイタリーのキアンティか、このニュイ・サン・ジョルジュしかなかった。そしてキアンティが幾ら旨くても、ブルゴーニュの比ではないから、我々はいつもニュイ・サン・ジョルジュを注文して皆、酒の方は不調法ではないものばかりだったので集る毎に、二、三本は空けていた。所が、そのクラブというのが葡萄酒を飲む人間が我々の他に殆どなくて、新たに仕入れもしなかったものだから、そのうちにそこにあったこの酒を全部飲み尽して、次にそのキアンティをすませてからは、それだけの理由でもなかったのだろうが、もうそのクラブには行かなくなった。

先日、久し振りにそこで又集って、友達の一人が葡萄酒は自分が持って行くと言ってその日持参したのを見ると、それが法王新城だった。葡萄酒は前後不覚になる程には酔わないものだと、これも前に書いたが、その日は、この法王新城の空き壜が何本も何本も何本も並んでいた光景が眼に刻み付けられているだけで、そこの所から先で記憶が途切れている。これは葡萄酒の中では、旨い牛肉か野鳥を食べているのに一番近い感じがするものだろうか。それだけでは説明不充分であるが、こういう豊かなブルゴーニュの酒の味を他にどう言ったものか解らない。勿論、肉などという、飲むのではなくて食べなければならないようなややこしい、それ故にどこか野暮な感じがするものと上等な酒を比較する訳には行かなくても、例えばこのシャトーヌフ・デュ・パープという酒の、或はシャンベルタンの、或はコルトンのどっしりと舌にのし掛って来る印象は、食べものなら先ず肉である。

赤葡萄酒では他にキアンティがあり、ヨハニスバーガーがある。と書いたのは、ヨハニスバーガーの方は実は聞き齧《かじ》りなので、ただこれはトカイが白葡萄酒の中で旨いように旨いらしい。キアンティは、キアンティと言えば実はこれから神戸の「ドンナロイア」でキアンティを飲みに行く所なのである。悠々タル哉我ガ懐、天ノ一方ニ美人ヲ見ル。

6

この一回で日本酒のことを書いて終る積りでいたのであるが、洋酒に就て今まで書いて来て、最後の一回で日本酒との長い付き合いが片付けられるとは思えない。それで、日本酒のことは何れ別な機会に取り上げるとして、今度は洋酒に就て言い残したことで終りたいと思う。

前に、オーストリア・ハンガリー帝国の時代に帝室用に作られていて、今でもハンガリーの人民共和国というのか、何というのかで出来るのが相当に旨い、トカイという白葡萄酒のことに触れたが、それと対をなすものが、これも前に書いたヨハニスバーガーというドイツのライン地方にある赤葡萄酒である。と言っても、これは一度も飲んだことがなくて、今でもあるのかどうかも解らない。ただ、小説でこの葡萄酒のことが如何にも旨そうに書いてあるのを読んだことがあるだけで、その点では、トカイも東京で見付けるまでは、その伝説を聞いて見ぬ恋をするばかりだったのであるから、そのうちにヨハニスバーガーも飲む機会に恵まれるのではないかと思っている。葡萄酒のことを書いて来た序でに、日本のものでも甲府で佐渡屋が作っているシャトー・ブリヤンという赤葡萄酒は、その名前は兎も角、葡萄酒として飲めて、一九五三年や一九五五年のもの、或は一九五二年のでも、無意味な感じがする値段でなしに葡萄酒の味が楽める。

ブランデーも葡萄で作った酒であるが、葡萄酒よりも大分強いことは言うまでもない。併しいいブランデーを飲んでいると、これが強い酒を作るのが目的でこういうものが出来たのではなくて、こういう旨い味を出そうと工夫した結果が、かなり酒精分の度が強い酒になったのだということに気が付く。強い酒が飲みたければ、アルコールに水を割ればいいのである。ブランデーというのはそんなものではなくて、流石《さすが》は葡萄を精製して作った酒だけあって上等の葡萄酒と同様に、日光を射返す泉の水や、晴れた日の葡萄園を思わせる。それが強いなどというのは問題ではないので、何かしみじみと幸福に浸っている感じがするのがブランデーというものの味である。子供の頃、ラムネというものがあって、それを飲んでそんな風になったものだったが、ブランデーが山の彼方などと言わずに、ここですよと教えてくれる具合は、ラムネの比ではない。極上の菊正を飲んでいる時と同じで、それがブランデーならば、ブランデーの他に何があるだろうかと思う。

フランスのコニャック地方で作って、コニャックが通称になっているのが壜によくVSOPと書いてあるのは、非常に特別で、古くて色が薄いという英語の頭文字を取ったものだと誰かに教わったことがある。この色が薄いということは大事なので、ブランデーは何故なのか、古くなると色が濃くなり勝ちで、それに連れて味も滑かでなくなって来る。ブランデーは強い酒と思っていれば、それで自分の舌がごまかせるが、ブランデーの味が本当に好きならば、色が濃くなっていて味もそれだけ、結局は悪くなっているブランデーは、色がそのブランデーが古いものであることを保証しても、それ程有難いものではない。幾ら古くなっても色が変らないブランデーがあるかどうか知らないが、一番確かなのは、いい年に出来た比較的に新しい、色もまだシェリーに近いコニャック地方のブランデーを飲むことである。併しその他にも、まだブランデーの飲み方というものがある。

強い酒というのは皆そうなのかも知れないが（ブランデーが強い酒であるのは事実である）、ブランデーも相当食べた後の方が空き腹の時よりも旨いようで、晩の食事がすみ、それも上等の白、赤の葡萄酒付きで御馳走を一通り平げてから、モカのコーヒーでも飲みながらのブランデーは全く申し分がない味がする。ここで、何というブランデーと書きたい所であるが、ブランデーに数等も数十等も劣るウイスキーとその点では同じで、極上のブランデーの多くには名が付いていない。少くとも、それは我々が皆知っているような名前ではなくて、そしてこれは何もそれがそれ程高価な限定版なのだということでもない。限定版には違いなくても、それはフランスでブランデーが好きな料理屋の主人などが大事に取って置き、同好の士だけに出したりするからで、そういうのは古さは兎も角、色が薄くて、その一杯といつまでもいたい気がするのが非常に特別であることであるならば、非常に特別である。

先年死んだエリオット・ポールという探偵小説作家がよく書いていたフランスが舞台の小説では、主人公がパリの小さな料理屋に行っては食事の後で飲む、ロパールという名をそこの料理屋の主人が自分で付けたコニャックのことが何度も出て来る。ロパール、つまり、かのオパール色をしたものであって、これの味を想像するのに比べれば、エリオット・ポールの小説の筋などはどうだろうと構わなくなる。別の小説家で英国にイーヴリン・ウォーというのがいて、これの小説の一つでは、主人公が連れの金持に奢らせて凄い御馳走の晩の食事をした後で、そういうコニャックで夢現《ゆめうつつ》の状態になっていると、連れの金持の方が通を振り廻して、そのコニャックの色が薄過ぎると言い、自分には濁ってどろどろしたコニャックの古酒を持って来させる所がある。通であることを目指すものはそんなことになり、素直に酒の味を楽んで深入りするものは、救世軍ではないが、救われる。

ブランデーがコニャックと呼ばれる程、南フランスのコニャック地方のものが珍重されるのは、それだけのことがあるからに違いない。併しそれ以外の場所で出来るものは飲めないということはないので、コニャック地方に隣接したアルマニャックで作られるのでアルマニャックと呼ばれているブランデーも、どこか荒々しい味がするのがそれなりに旨い。この頃は何でもブランデーにナポレオンという名前を付ければいいことになっているらしくて、先日、ナポレオンのアルマニャックと壜に書いてあるのを見たが、ナポレオンと書く以上は、これはナポレオン時代にその宮廷に御用達していたことを意味して、ナポレオンのようなお体裁屋がアルマニャックを喜んで飲んだとは思えない。併しそのナポレオンのアルマニャックというのもまずくはなかった。この酒がもっと手に入り易かった頃は、壜が甲冑に身を固めた中世紀の騎士が馬に乗っている恰好をしていて、その騎士の冑首《よろいくび》が栓でそれを抜いて酒を注ぐ仕掛けになっていた。他所にお土産に持って行ったりすると、喜ばれたものだった。

洋酒の話は、これ位のことではまだ尽きない。どこまで続けられるか解らないが、行ける所まで行くことにして、一般に、リキュールと呼ばれて食事の後で出される、葡萄酒よりも強い酒には旨いのが多い。シャルトルーズというのがあって、これはスタンダールの「パルムの僧院」と同じ宗派に属する僧院の大きなのがフランスにあり、そこで今でも作っている。緑色のと黄色のとがあって、緑色をした方がしつこくて旨い。そういうしつこい酒で、薬草が色に入っているらしくて香りが高いのと、その色と、何とも不思議なその味が、ブランデーよりもとまでは行かなくても、飲んで決して悪い気持がしなくて、酒を飲み続けていて酔いが或る所まで来ると、これが飲みたくなる。それからベネディクティーヌ・ドムなどと数えているうちに、キルシュヴァッサーという逸品があるのを思い出した。

併しもう遅い。前にどこかでこのキルシュヴァッサーのことを書いたことがあるから、それを読んで戴きたい。ただ生憎のことに、それがどこだったかもう覚えていない。

酒と風土

日本で酒と言えば大概、日本酒のことを意味する。そして酒、ビール、ウイスキーとこの三種類が普通に日本で飲むアルコール飲料になっているが、この中で酒、或は日本酒が一番複雑な成分のものであることは言うまでもない。一体にこういう飲みものはそれが出来る所の風土と関係があるもので、もし日本酒を日本、ビールをドイツ、ウイスキーを英国のスコットランドの産物と考えるならばこの三つの中で日本の風土が最も変化に富んでいて、その限りで複雑であることはこれも説明の必要がない筈である。その風土での長い年月が日本の酒を作った。どれだけこれが複雑な飲みものであるかということを具体的に言うと例えば西洋では食べるものによって酒の種類を決めるのが普通で魚には白葡萄酒、牛肉や野鳥には赤という風なことになり、何にでも合う酒というのはシャンパン位しかない。併し日本の酒は誰でも知っている通り食事の初めから終りまでそれだけで足りて、或る人は日本酒をビフテキでやって見て結構それが旨かったという話を聞いた。それだけ味が複雑なのである。

そうするとウイスキーはどういうことになるだろうか。スコットランドは地理的には先ず北欧に属していてただ暖流の関係で少しばかり気候が緩和されている。そしてそう高くはなくても山が重なっていて荒涼たるものがあり、高原は茶色をした灌木が花を咲かせて薄く紫色に煙り、あの寂しいような中に華やいだ感じの場所にいて飲みたくなるのはウイスキーに違いない。一般の考えはどういうことになっているか解らないが、ウイスキーというのはそう複雑な飲みものではない。併しこの飲みものにはあのスコットランドで感じる山の冷気とえりか属の花の燻んだ美しさがあり、スコットランドにいる時だけは他のものが飲みたいと思わないでいられる。如何に風土が飲みものに影響するかはスコットランドでは大概の川がウイスキーの色をして流れていることで解る。事実これは泥炭の層を通って来る為にそういう色をしているのでその泥炭がウイスキーを醸造する燃料にもなる。

それでビールが残った訳である。ビールはドイツのものと誰もが考えてはいても実はそのドイツに二つあって北と南に分れ（西と東ではない）、南ドイツと北ドイツは風土が全く違っていて南ドイツはビールよりも白葡萄酒で知られている。併しビールは北の風土の産物かも知れない。ヒットラー以前のベルリンで飲んだビールが旨かったことを思い出す。あの北方の荒涼たる土地柄にはビールが合っているに違いない。こういう様々な性格のビールとウイスキーと日本酒が三つとも日本で見事な出来ばえで生産されている。日本酒が作れる民族には何でも作れる筈ではないか。

酒と肴

酒を飲み始めると、肴のことを忘れてしまうのは悪い癖であるが、これはその酒が日本酒である場合に殊に多いようである。何故そうすると肴はどうでもよくなるのかは解らない。日本酒でも、北海道の蟹の塩辛から長崎のからすみに至るまで、肴が旨ければ一層、酒も旨い筈であるし、又事実、その通りなのであるが、日本酒には又、飲めば飲む程、それだけで益々旨くなって行く性質があって、北条時頼が小皿に入れた味噌を肴に飲んだという話はその倹約をもの語るよりは北条家にはいい酒があったことを示すもののように思われる。つまり、日本酒に関する限り、肴のことを余りどうのこうの言うのは通振ることになる嫌いがあって、その通人振っているのが飲む酒の質まで疑しくする。

これが洋酒だと必ずしもそうは行かなくて、ロシアのウオツカなど、これだけ飲んでいれば忽ち胃潰瘍を起して、やがて死んでしまうそうである。併《しか》しそれだから飲まないというのも勿体ない話で、これはウオツカ一杯に付きロシア風の肉饅頭一箇の割り合いで飲み、又食べればどうもないし、旨いということになっている。これはやって見たことがないが、ロシアのキャビアを肴にしてもウオツカは旨いもので、この取り合せは、最近はよくある立食式の会合で何かカクテルと呼ばれているようなもので擬《まが》いもののキャビアをパンに載せたのを食べるのに遥かに勝っている。ウオツカというのは、それだけ飲んでいる時はそうは思えないが、実際は相当に脂っこい飲みものらしくて、それがキャビアの脂っこさと妙に調和し、これならば何杯でも飲みたくなる。併し胃潰瘍の方は保証出来なくて、肉饅頭一つに匹敵する耐久力を得るのにキャビアをどの位食べればいいのか、仮にそれが解っても、キャビアはそう無闇には食べられない。尤も、ウオツカの方を加減するという手もある。

キャビアで思い出したがロシアのキャビアと同じ位、御馳走になっているものに、フォア・グラという、家鴨《あひる》の肝をシャンパンで練ったものがあって、これがシャンパンとよく合う。シャンパンに肴が是非なくてはならないということはなくて、これはシャンパンが出るのが食事がすんだ後である為に、それまでに相当に食べている勘定になるからであるが、もし何か肴が欲しければ、このフォア・グラが恰好である。フォア・グラがどんな風に作られるのであっても、どうもこれは家鴨の肝とシャンパンを掻き混ぜて程よく泡立ったのを何かの方法で固めたのだという感じがして、そのシャンパンの泡となった珍味をシャンパンの肴に食べるのだから合う筈である。この味はそんな風にでも説明する他ない。そのフォア・グラには、所どころ真っ黒になったフランスの蕈《きのこ》が入っていて、これもなかなか宜しい。シャンパンも、フォア・グラも、どう考えても安いものではないが、どうせこんなものを飲んだり、食べたりするのは人に御馳走して貰っている時であるからその点、心配することはない。

そのフォア・グラを肴に、一本四千五百円ばかりするフランスのブルゴーニュ産の赤葡萄酒を飲んだことがあった。勿論、これも人に御馳走になってだったが、ブルゴーニュの赤葡萄酒というのは家鴨、又それよりも更に野鳥の料理を食べながら飲むと殊に旨い（秋山徳蔵氏が言う野ジビである）。ウオツカは何か食べながらでないと命が危いのに対して赤葡萄酒は命の点は心配はなくてもそれに合った食べものと飲んだ方が確かに旨い。赤、白を問わず、葡萄酒というのが一般にそういうものであるらしくて白葡萄酒に生牡蠣、今挙げた赤葡萄酒に野鳥、それからただ家鴨を焼いただけのものでも、何もないのよりも赤葡萄酒が旨くなる。普通は白葡萄酒が魚と飲むもので、赤葡萄酒が肉という風に言われているが、これはどこまで本当なのか解らなくて生牡蠣に赤葡萄酒を出すような成金が余り客を悩まさないようにこういう規則が出来たのではないかと思う。それでは、ヴァン・ロゼという赤でも、白でもない葡萄酒の時にはどうするのだと聞いたら規則の方で困ってしまうに違いない。

話をここで落して、ビールの肴には何がいいかということになるとビールも日本酒と同様に何もない方がいいのではないかという気がする。ドイツのミュンヘンの国立ビヤホールでは大根を切ったのに塩しか出さないそうである。その他に南京豆にソーセージの切れっ端、干し鱈、チーズだの、随分色んなものがビールと一緒に持って来られるのを我々は皆、経験している訳であるが、その中で旨いと思ったものは一つもないから大根と塩が案外、一番いいのかも知れない。つまり、ビールの肴にして旨かったり、その肴でビールが旨くなったりするものは何もないというので、強いて言うと、急いで外で食事をしている時に何かこってりしたシチューというようなものを飲み下すのにビールは合っている。味のことなど考えている暇はないし、それでもアルコール分はあるから食べものと一緒に二、三本空ければ、少しはいい気持になる。

大体、酒と肴という種類のことを考える気になるのは暇な時である。当り前な話かも知れないが、これは頭も本当に暇になっていなければ取り合せなどということを幾ら工夫しても、或は通人の話に忠実に従っても、大した効果はないのでゆっくり飲む心構え、或は精神状態になって始めてブルゴーニュの赤葡萄酒に野ジビというようなことを思い出す。或は日本酒に肴はなくてもいいと言っても、場所は灘で明石鯛の刺身に灘の酒ということになれば、そして又その気になっていれば、酒は舌の働きを活発にして鯛がこんな味がするものかと驚かせ、その味に負けない酒の味で酔いが滑かになる。こういう境地は確かに、酒と肴の取り合せの功徳であって、その時、急いでいては勿体ない。併し又、それだけの取り合せでなくて、ただ牡蠣酢か何かで飲んでいる場合でも急いでいては意味がない。ただ酔うだけが目的ならばウイスキーというものがあって、これもどういうものを食べると旨いということは別になくてもウイスキーならばあり合せの缶詰めを開けても結構、肴になる。

酒、肴、酒

いつだったか、酒のことを非常によく知っている男が給仕長をしているロンドンのホテルの食堂で食事をしていて、何とも旨い赤葡萄酒をその給仕長が持って来たので誉めたらば、こういう酒ならば料理なんかない方がいいという返事だったのにはこっちもその通り、その通りと賛成したくなった。尤もそれでは食堂の商売が立ち行かなくなる訳であるが、兎に角、それで見ても解るように、西洋でも酒が本当に旨くなるとつい食べる方がお留守になる。併しそれで自分は酒飲みだというので満足していられるものかどうかは別問題で旨い酒を飲んでいれば食べることを忘れるのは確かであってもそれが酒を飲むのに最も適したやり方だとは決っていない。それならば誰も酒の肴などというものを考えはしない筈である。

大体、どこの国の料理でも、それが酒を飲みながら食べるものだということが中心になって作られているので、これには必ず何百年間かの工夫が凝らされているのであるからそれを食べながら飲んだ方が酒も旨くなるのでなければ可笑しい。例えば、西洋料理にはこういうことがあって、ブランデーは葡萄で作った酒の中でも王者の地位にあるという感じがするが、これを本当に旨いと思うのは白葡萄酒や赤葡萄酒が付いての一通りの料理を散々食べた後である。これは或る意味では酒の肴ということとは違うかも知れない。併しそんな時にブランデーが旨いのはそれまでに飲んだ酒や食べた料理の味がまだ舌に残っているからで、そうするとこれはその味を肴にブランデーを飲んでいることになる。それが酒の肴というものの目的でもある。もっと簡単な例がチーズにウイスキーであって、チーズの味や匂いでウイスキーの味や匂いを引き立てるのであるから、そういう時にチーズがあった方がいい。

それでもと反対したい場合には、こういうことが考えられる。確かに酒というもの自体の味が多くは微妙を極めていて、その上に酒であるので酔うから、酔いながらその味を楽んでいればそれ以外のものがなくてもよくなるのは道理である。昔、西園寺公は月夜の晩に、二階に上って酔いの暑さ凌《しの》ぎに真っ裸になり、酒樽を一つ前に置いて一晩中、飲んだという話が残っている。そういう時に肴は余計であり、酒の味が酒の肴にもなる訳であるが、これは旅行をしているか何かして特別にそういうことが出来る場合であって我々の毎日の生活ではそれ程までに酒に義理立てすることはない。

やはり食べ物と同格で、酒も我々の生活の一部をなしているものでなければ色々な意味で釣り合いが取れず、それで酒と食べものを同格に置くと、食べものの中でもそれと一緒に酒が飲めるものと飲めないものがあることになり、そこは自然の妙理で、どうも酒の肴になる食べものの方がならないものより食べものとしても上等のようである。

これは一般に酒の肴であることになっているものを酒抜きで熱い御飯と一緒に食べると直ぐに解ることで、例えば烏賊《いか》の黒づくり、筋子や蟹などの塩辛、各種の漬けもの、それからこのわたに至るまで御飯さえよく炊けていて熱ければ、それに添えてこんなに旨いものがあるだろうかと思う。そして不思議なことに、これはパンにバタを沢山塗って験《ため》して見ても同じことで、このわたでもそうして食べて決してまずくない(尤も、これは生牡蠣を食べる時も同じことでレモンの汁を少し掛けた方がいいかも知れない)。

そうした細々したものの分野では酒の肴にもなる、従って御飯のおかずになるものは実に多くて、殆ど日本の各地方毎に何かそこの特産で旨いものがある。或る所の名物だから旨いとは限らないが、例えば琵琶湖の鮒鮨、福井の生雲丹、金沢の蕪鮨、広島の広島菜、岩国のうるかと、思い出し始めると幾らでも頭に浮んで来る。

それ故に逆に、別に酒の肴と考えられている訳ではなくても旨いものならば酒の肴になるので前に神戸であの辺の銘酒と一緒に出された明石鯛の刺身の味が忘れられない。

併しそんなことを言えば、要するに、御馳走は何でも酒の肴になるのであって、鯛で行けば、神戸から少し先へ行った岡山、尾道辺りの鯛の浜焼きでも、或は、これはそれ自体が一種の飲みものであるが、金沢の鯛のこつ酒でも、酒と一緒に出されて嬉しくならないものはない。何も魚に限ったことではなくて、長崎の豚の角煮でも、或は金沢の鶏のじぶ煮でも、或はどこでも取れる野鳥の焼き鳥でも、これを肴に酒を飲むことが出来る。勿論、日本酒の話で、日本酒というのが何にでも合うようなのはその作り方にそれだけの工夫がしてあるのに違いない。

恐らく、合わないのはカレーライスという風な辛い食べものだけで、こういう食べものでで飲めるのはビール位のものだから、これは日本酒のせいではない。

併し兎に角、旨いものならば何でも酒の肴になり、旨い酒にはそれと食べられる食べものがある筈だということを積極的に利用して酒にも食べものにも工夫を凝らしたのが西洋料理である。一般に、魚介類、及び鶏の料理には白葡萄酒、獣の肉及び野鳥(雉《きじ》、小綬鶏《こじゅけい》、鴫、鳩など猟で撃つ鳥の全部)を使ったものには赤葡萄酒ということが言われているが、これは自分で判断出来ない時にそうすれば間違いがないという一つの基準を示したもので赤葡萄酒を飲みながら食べるのに鶏の料理がよく合うということも充分に考えられるし、又例えば、シャンパンはどうかと言うとこれはどんな料理で飲んでも旨いから初めから終りまでシャンパンで通せば申し分ない(尤も、値段の点は別問題である)。併し、シェリーその他、食前に飲む酒で始って、魚、肉、野鳥という風に白葡萄酒、赤葡萄酒などが入れ替り、立ち替り注がれるのに従って運ばれて来る西洋料理というものは酒も食べものも一口毎に妙味を増す趣向になっていて、偶にはそういう料理が出る集りに呼ばれたいものである。

例えば、ブルゴーニュ産の赤葡萄酒と野鳥を使う料理の取り合せは酒と食べものの何《いず》れも複雑な味が双方の引き立て役になっていつまでもこの酒とこの野鳥の料理が続けばいいという感じになる。併しそこが酒というものに対する食べものの限界であって、酒を飲む分には途中で必要な時間だけ眠ることさえ出来れば際限なく飲んでいられるが、食べものの方はそういつまでも食べていられなくて、それで新手の料理が出て来てこっちの食慾を刺戟してその引き立て役に酒も別なものに変る。そして最後にブランデーになって全く天下泰平という気分に浸ることになる。この場合、途中で菓子が出て来ても、これも酒を使って作った菓子で酒の肴になり、その点では西洋料理の方が日本料理よりも或は優っていると言えるかも知れない。こう書くと、それだけでごてごてしている感じがするのが、実際に本式の西洋料理に当って見ると寧《むし》ろ豪奢で、山海の珍味という言葉がそのまま当て嵌《はま》るのである。

そういう飲み方、又、食べ方に馴れた西洋人が少し日本酒のことも知るようになって、例えば、菊正宗、千福、白鹿、賀茂鶴という風に、日本酒もその醸造元によって味がそれぞれ違うのだから何故、西洋料理と同じやり方でこの料理にはこの銘柄の酒という具合に酒を変えて酒も料理も更に旨くする工夫をしないのかという種類の説を立てたりする。

併しこれは当っていない。西洋の酒でどんな料理にでも合うのはシャンパンだけであるが、日本酒というのはその点でも非常な工夫がしてあって日本の料理である限りどんなものでも味さえよければそれで飲めるようになっている。つまり、菊正宗と千福の違いという風なことは色調の問題であって、途中で酒を変えれば、厳密に言えば、色調を乱すことになり、樽で来た極上の菊正宗で飲み始め、食べ始めたならば、終りまでその菊正宗で行くのでなければ折角の気分が壊される。

というようなことを言う時、既にこれはお講釈である。そんなものを聞かされるよりも自分の気に入った肴でなるべく旨い酒を実際に飲む方が、どんなにいいか、これはお講釈をするまでもない。

日本酒の味

友達と日本酒の話をしていて、この頃の酒は昔のよりもよくなったと言ったら、それは生活が全体としてよくなったからだろうという友達の返事で、確かにそうだというこことにそのうちに気が付いた。それに手間取ったのは、反対のことを余り聞かされるので、戦前の生活と比べてもまだまだという感じに自分でもいつの間にかなっていた為である。

昔の方がよかったという見方をする材料は勿論、幾らでもあって、世界一（か二か三）の海軍、満洲国、日英同盟辺りから始って生活が楽だったことや税金がお賽銭並みだったことや、羽左や万三郎が生きていたことや、役人が賄賂を取らなかったことや、一々挙げていたら切りがない。それだけではなくて、曲りなりにも或る種の伝統と秩序が出来上っていて安定していた点では、昔の方が確かによかったのである。社会生活というのは微妙なもので、安定の一角が少しばかり崩れただけで一切があやふやになる。花見の客がやることがなっていなかったり、素人が平気で強盗を働いたり、人殺しをしたりするのは生活がそれだけ苦しくなったからであるよりも、全体の箍《たが》がどことはなしに弛んだことから来ている。その箍の締め方に頼って生きている人間も多勢いて、そういう人達にとっては昔は暮し易かったということ以上に、もっと頼りになるものがあったという意味で昔の方が楽だったのである。

そういう昔の安定が何に支えられていたかということも考えて見る必要がある。例えば、昔は共産主義は危険思想で御法度だった。それで我々は共産党の中途半端な理論を余り聞かされずにすんだが、これが官憲の力を借りてのことだったのは、本当の安定に寄与するものではなかった。法律によって思想が圧迫されれば、その限りでは、我々にはその思想に加担する義務があり、そこにいつも不安の種が蒔かれているからである。

例えば、言論の自由と言っても、これはただ言いたい放題のことを言うだけで、その自由が確保されるのではない。自由に書くのでも、同時に聞き手、或は読者が訓練されることが必要なので、昔の言論界は今日のように荒れてはいなかったかも知れないが、それは自由な言論に耳を傾けてこれを批判する力を養う機会が、読者に与えられないのを代償としてだったのである。初めから大人しい、或は大して何も出来ない議会や言論界では、国民は温室育ちの坊やも同然だった。そして今日では、と言っても、極く最近のことであるが、この制約はなくなったのみならず、各界に起った今までにない野放しの状態で国民も、現代の国家の国民にとって必要な訓練を漸く重ねることになったと考えられる。昔は、ストライキは何でもいいから応援すべきものだった。同じ一つのストに対しても色々な見方があることが解って来たのは、この頃のことである。

現在では、雑誌に余り馬鹿なことを書いた場合、これを鵜呑みにする読者の数も一頃程ではなくなっている。それが全体の動きの一端を示すもので、そこから出直して国民の生活が安定をもう一度取り戻すことが期待される点では、生活は確かに昔よりよくなった。だから日本酒の味も昔よりもよくなったというのは卓見である。

師走の酒、正月の酒

毎年、これを書いている今頃になると、年の暮と正月に関する原稿の註文が来る。これは雑誌の正月号が毎年、同じ頃に出るのだから、当り前な話であるが、それでもその原稿を書く時になって、始めて年の暮が迫ったのを感じる。年々、同じ頃に同じことをやって、それで思いを新たにするのも、一年毎に年を取って行くからだろうか。

忘年会が始るのもこれからであるが、これは余り年の暮を感じさせるものではない。多勢の人間が集って飲んでいるのは、いつだろうと、多勢の人間が集って飲んでいるだけのことで、騒いでいるうちに年の暮だか何だか忘れてしまう。忘年会も、新年の宴会も、出版記念会も、お通夜も、初めの気分が少し違うのは別とすれば、皆同じである。と言っても、別に忘年会に反対する積りはない。口実は何であっても、多勢の人間が集って時を忘れる機会を作るのはいいことである。新生活運動というのは、何のことかよく解らないが、恐らく、そういう運動が必要な程年がら年中、振舞酒を飲んでいる人種がいるということなのだろう。それならば、我々が知ったことではない。それで少しでも酒代が安くなるならば、結構である。

併しながら、年の暮の気分を味うのに忘年会が不適当であることは、前に言った通りであって、それには一人か、二、三人の友達とだけで飲むのに限る。東京も煖房《だんぼう》に石炭を使うようになってから、冬は外国の大都会並に夕方になると靄が掛る。夕方になるのも、秋とは格段の相違が感じられる位早くて、午後を地下室の事務所か何かで過して出て来れば、外はもう暗い中に方々の電気が付き、十一月も半ばを過ぎれば、人や車の行き来もどことなく慌しいのを不思議に思いながら酒を飲みに行くのは、なかなかいいものである。

年の暮には誰もが忙しくなるのは常識で、眼が廻りそうで正月が来ることなど信じられないことがあるが、それでも酒を飲むのは年の暮が一番落ち着くようである。一年間の仕事が兎に角、もう終りに近いと思うからだろうか。年の暮が勝負の職業も無論、少くはないだろうが、一年をこつこつ何かやって過す仕事で食っているものにとっては、年の暮はもうその年が終ったのに近い。文字通りに、年の暮であって、それだけに、酒の味に、普通はない何かが染み込む。

　或は、酒の味はそう変らなくても、自分が酒を飲んでいる姿が一歩離れた所から眺められると言っていいかも知れない。そしてそれまでにあった年の暮のことが頭に浮んで来る。一頃、と言っても、今度の戦争が始るまでの何年間か、大晦日は必ず銀座に出て飲む習慣だった。今ではもう埋められてしまった掘割に掛っていた出雲橋という橋の袂に、これは今でもやっている「はせ川」という小料理屋に十時頃入って行くと何人かの先輩格の文士がもう集っていて、そのうちにおかみさんが皆に福茶を出してくれるのが、大晦日の晩になった合図のようなものだった。

　横光利一氏、河上徹太郎氏、青山二郎氏などがその席の古顔で、或る時、河上さんが「はせ川」の壁に掛っている電気時計が十二時を過ぎたのを見て、「これでやっと自分も四十になれた、」と呟いたことがある。今の筆者自身の年から逆算してこれはだから、十五年前、つまり、昭和十五年の大晦日、或は、昭和十六年の元旦のことである。我々は勿論、「はせ川」で酒を飲んでいた。そのうちに戦争になって、「はせ川」に酒が入ってお客にお銚子が一本ずつ出るという報道があると、皆駈け付けるような時勢が来たが、この昭和十五年頃はまだそういう心配はなくて、酒に足を取られることの方が気掛りだった。

　我々の集りには大体いつでも、酒と議論が付きものだった。併し大晦日の晩には議論の方は余り出なかった気がする。これは一つには、バーや飲み屋がこの日は夜通し開いていて、朝まで飲むということが皆の頭にあったからかも知れない。夜通し飲んで、その間に段々夜が明けて来年になる方が、除夜の鐘でも聞いて寝て、翌朝起きると、正月になっているよりも感じが出る。ただ、この除夜の鐘を銀座で聞いた記憶が余りない。今ならば方々にラジオが置いてあって、どこにいても聞けるのだろうが、昔はそんな面倒なことはしなかった。

「はせ川」を出てから行くバーも、その頃は大概決っていた。明け方近くになれば、どこにいるか解らないが、我々は先ず「ブーケ」という、これも今でもあるバーに行った。そこで或る大晦日の晩、横光さんがダンスするのを見たことがある。フランスから帰られた年かも知れなくて、横光さんは和服姿で悠長に床を廻った。曲は、「巴《パ》里《リ》の屋根の下」だったかも知れない。横光さんはこの曲が大好きで、それでその記念に、今でもバーで飲んでいる時に街の音楽師が入って来ると、この曲を弾いて貰うことにしている。

その大晦日が明けた元日だったと思うが、その頃は横光さんと同じ下北沢に住んでいたので、これも慣例によって一緒の車で送って戴いて行く途中、トラックに乗って演習か何かから帰って来る兵隊を追い越した時、横光さんは手を上げて、「フロン・ポピュレール、」と叫んだ（横光さんがパリに行っている時に結成された人民戦線のこと）。日本の兵隊を人民戦線と見るのは、当時の知識人の感覚とも、大分食い違っていた。併し少くとも今度の戦争の半ば頃までは、日本の軍隊は国民軍だったのである。そしてそれがそうでなくなったのは、横光さんのせいではない。

という風なことから、話は自然、年の暮の酒から、正月の酒に変って来た。ということよりも寧ろ、本当に飲むという意味では、昔は年の暮の酒はあっても、正月の酒というものはなかった。余程の豪のものは別であるが、大晦日の晩に徹夜で飲んで、それで又元日に酒を飲むというのはちょっと難しい。義理に屠蘇は飲んでも、後は寝て過すのが普通だったのではないだろうか。そして年の暮に余り飲まなくても、正月は三ケ日が大概どこでも休みだったから、飲もうにも飲みに行く所がなかった。

正月は今よりももっと清々しくて、そして厳粛なものだったのである。だから、振舞酒でよたよたしている酔っ払いがそれだけだらしなく見えた。

　そして元日から方々の店が開いている習慣になった今日でも、このことにそう変りはないのではないだろうか。つまり、正月の酒というのは、家で飲む酒なのである。それでもっと一般的に言って、酒は家で飲むものか、外で飲むものかという問題がここに生じるのであるが、これに就て意見は二派に分れていて、どっちとも決め難い。筆者自身の考えでは、友達でも来ない限り、酒は家で飲むものではないのであって、それは家にいてまで酒が飲みたい位、自分を持て余していれば、碌《ろく》なことはないと思うからである。併しこういう見方の是非は別として、正月だけは誰でも家にいて酒が飲める。

　一つには、仕事がないから、或は、新年の初めの三日位は仕事をしないですませたいから、家というものが日常生活の制約を解かれて、丁度、寝る一時間も前の毎日の気分が三日間かそこら、朝から晩まで続くことになる。それで酒を口にする気を起すので、これも痛飲するという所までは行かないが、休みが三日も続いて、年の初めに余計な心配をすることはないから、そんなに飲まなくてもいい。屠蘇を酒に屠蘇散を入れたのにして、おせちか何かを突つきながらほろ酔い機嫌になり、それが覚めた頃に又思い出して飲み、実際はどうだろうと、何となく静かな感じがする家の中をうろ付くのは、どこか朝風呂に入った趣があって捨て難い。寝床に入る頃になって、まだ酒があり、おせちも残っているに至ってはこういう楽みは一年に一度、正月にしか味えない。

それで思うのだが、正月だとか、大晦日だとか、その他色々とある日本の習慣は、最低の生活を確保しているものならば誰にでも、季節季節によって王侯の生活をさせる為に作られたのではないだろうか。

意識的にそれを狙ったのではなくても、結果としてはそうなった。第一に、こういう習慣は凡て儀式から生れ、儀式を伴うものであり、ものをゆっくり楽むのには、これは考えなくてはならない条件である。今は廃れたが、元日から一週間、松の内の間は休む習慣になっていたのが気持の上で余裕を与え、新年になったということが頭をすっきりさせてくれる。その上で飲む酒が何級酒だろうと、又それを注ぐのが金銀の杯だろうと、ただのコップだろうと、飲む感じがさっぱりしているのに違いはない。王侯でも、昔は正月を待ち焦れることがあっただろう。

併し三日でも、七日でも、或は元日一日だけでも、やがて過ぎて、我々は又街に出て酒を飲む。もう仕事が始ったのであり、我々は日常生活に戻ったのである。そして春の酒、夏のビールは、この小文の範囲外に属することである。

春の酒

まだ二月で、冬の真最中だと思っていたら、風が吹き出して温くなり、この気違い染みた風も、温かさも、明かにこれは春である。暦によれば、旧暦の正月七日となっているから、確かに昔の正月はもう早春と言ってよかったものだったのに違いない。併しそれは頭で計算してのことであって、冬とばかり思っているうちにいつの間にか春が来るのは、どう考えても妙である。暗闇を手探りであっちにぶつかり、こっちで躓きしている時に、気が付いて見ると昼間になっているようなものである。サマセット・モームの小説に、封筒に宛名を書くのが仕事の女が（従って、その頃はそれをやる便利な機械がまだなかったことになる）、何枚書いても終りになりそうもない仕事を続けているうちに、急に後何枚かしか残っていないのが解るのは妙なものだという話をする所があるが、先ずそんな訳で冬の後には春が来るのだろうか。併し来るまでは来ないのだから、ということもあって、来れば不思議な感じがする。

勿論、それだからと言って悪い気持はしない。寧ろ、何となくいつもよりゆったりした心地がするから、それだけ自分も大人になったのかなどと漠然と解釈したりしているうちに、それが温度の変化から来ていて春であることを知るという具合になるので、お風呂に入るようなものである。併し何にでも終りがあるというのは必ずしもこういう風には行かなくて、季節は冬が春になっても、秋が冬になっても、それぞれいいものであるが、探偵小説などを夢中で読んでいて終りになるのは、どうも呆気なくて後味が悪い。前は、長い間掛って仕事をすませた時がそうだった。それをやっているのが楽みだった訳でもなくて、寧ろその反対に、いつになったらけりが付くのだろうと、それでもいつかは終る筈なのを僅かながらの頼りにしてやっていたのに、その不愉快な状態の原因である仕事がなくなると、もう不愉快である理由がなくてそれまでと勝手が違うのでいらいらした。そんな時、人間には仕事しかないのだという種類の考えが凡そ貧相な姿をして浮んで来て、頭や胸を締め付ける。

それと比べると、ギボンが「ローマ帝国衰亡史」を書き上げた晩の態度などは全く堂々たるものである。ジュネーブの家の庭に出ると、月が辺りを照していて、ギボンは二十四年も掛ってやった仕事がもうないことを思い、何となく寂しくなったりしている。大丈夫の貫禄とも言うべきだろうか。確かに、他の多くの仕事と違って、書くということにはどこか不自然な所があり、雲を摑んで岩を積み上げている気になっていなければならないことが、書くのが仕事の人間を或る程度、殊に仕事をしている間は非人間的にする傾向があるが、それならばなお更のこと、書いている間でもその傾向に負けないでいたいものである。それには、自分の文体が出来ることが一つの足場になる。そしてギボンは文章の、というのは、書く仕事の達人だった。ヴァレリーは強制的に書かされたら死んじまうと言ったそうで、つまり、それ程書くのがいやだったということになるが、そういうことを言ったのが後年のヴァレリーだった筈がない。

併しこれも、書くという、或る意味では特殊な仕事に就て考えられることなので、何だろうと、仕事が一つ終って不愉快でたまらなかったり、それから先、暫くはどうしたものか解らなかったりするのは、そのいい悪いは別として、余り有難いことではない。人間にとって仕事が凡てであるというのも、そういう一つの生き方なのであって、仕事をしている間も、なるべくならば生きていることが望ましいのに決っている。

それならば、仕事が終って、生きていることが残るのであり、その時、やれやれと思う位の命が残っているのでなければ、何だか損なような気がする。どうも、終りが来て足が宙に浮くというのはいけないことで、暗闇の中で階段を登り降りしている際に、まだ一段ある積りで空を踏んだり、もうないと勘違いして最後の一段を踏み外したりする、あの感じである。例えば、稲が実って刈り入れがすんだ時、そんな空々しい気持になるものではない。

季節の変化もそれと同じことで、冬が春になれば、それが一日のうちに起ったことでも、その日まで続いた冬を思い、身の廻りの春を不思議なものに感じて、そこに本当の意味では断絶がない。弁慶が富樫の前で山伏の先達をする苦労を語るようなものだろうか。もうそこに着いたのだから、それまでのことはどうでもいいのではないので、登って来た山の道はそこまで続いているのであり、その時のことを振り返ることも出来れば、又、そこにいることに即して未来に対して自信も持てる。オデュセウスが、又しても何か難関に直面して、それまで自分達が通り抜けて来た同じような幾多の苦境を思い浮べ、ここまで無事に来たのだからというので勇気を出す所がある。その場さえどうにかなればと躍気になって奔走するのとは凡そ違った精神の持ち方で、玉砕は結構であっても、それは後になって恥を掻かない為の心構えに過ぎず、第一、そんなことは初めから解り切っている。

つまり、一貫して何かが流れているのであって、それが自分を運んで行くのを感じることが出来なければ、生きているとは言えない。春になって、皮膚が寒さで引き締められているのを感じなくなると、そんなことを思う。所で、いい酒、というのは、酒を飲むのに適した状態で酒を飲むのは、そうして生きていることを感じさせる。酔ってはいても、それが或る程度以上になることがなくて、何かの拍子に酔いが覚め掛ければ、飲み続けるうちに又もとの酔いに戻る。言わば、精神的に換気装置が完備しているようなもので、飲むことがその装置の原動力になり、飲んでいる限り、温度にも、湿度にも変化がない。それだから幾らでも飲めて、いつまで続けても同じであり、そしてその状態に飽きることもない。だから、酒を飲んでいれば、春なのである。尤も、秋でも、冬でも構わないが、それを春と言うのが何となく一番当っているような気がする。

夏の酒

文明と文化の違いは酒と酒を廻る色々なことによく現れている。大体が酒というのは文明の産物であって、これは又逆に人間が酒というものを得た時に文明に向って第一歩を踏み出したということでもある。それで人間と人間の間に付き合いというものが生じ、相手の気持を酌むということも行われるようになってという風に考えて行けば酒が文明とともに育ったものであることは疑いの余地がなくて、これは人間が文明の状態に達して酒も本当に酒らしくなることが解る。例えば夏に冷やして飲むスペインのビィノ・ティント、或はドイツのラインヴァインは確かに文明の産物であって、ただ何か醱酵したものを飲んでいい気持になっていた太古の時代とは、と言ってもその時代にはその時代で今日では失われたものが埋め合せにあったに違いない。その代りに今日にはこういう酒がある。

そういう仕儀であるのは酒のようなものはその発達と完成に人間の文明の歴史と同じ位長い時間が必要だからで、又その文明というものと同様に酒も完成の域に一度達すればそれがその酒というものであり、もっと時間を掛ければ更にどうにかなるというものではない。その筈であって文明をなしているものの大半が物質であるならば酒も物質であって有限であり、その限度まで来ればそこから後退しないことに今度は人間の努力が向けられる。

又飲む方でもそれで結構であって精神の活動はその酒に酔った上でのことである。又その活動の為にも酒のようなもので新機軸を出すのは慎重を要することで、例えば白葡萄酒は冷やして飲むから日本酒も夏は冷やして飲んだらというのは片方が米、片方が葡萄で出来ているのを忘れているので味が似ているから冷やした結果も同じとは限らない。その違いの一つに白葡萄酒はもとから冷やして飲むのが目的で作られているのに対して日本酒を作る時には全く別な配慮が行われているということがある。このことは翌日の頭痛が教えてくれる筈である。

併し文化はそういうことを人に無視させる。一般に日本酒を夏冷やして飲むようになったことの起りは電気冷蔵庫の普及で、こういうものは文明の状態にとって必要でないから文化の発達と考える他ない。その電気冷蔵庫があって何でも中に入れて冷やしたくなり、それにやがて日本酒が加えられた訳であるが、こうした文化の恩恵と言っていいのかどうか解らないものは日本酒に就てもただそのことに止らない。やはり文化が発達したお蔭で、木、金属、陶土、ガラス以外の得体の知れない、併し製造し易い材料で色々なものが作られるようになり、それで日本酒の容器も一部ではそういう材料のものが使われ始めた。これはどんな形にも出来るから使う方でも一応は便利で、例えばその容器に酒を密封する仕掛けになっていて蓋を取るとそれが杯の代りをするということ位何でもない話になる。そんなものがどこかの家で出されてどういう気持がするか解らないが、これは携帯用にも向いている。

それを一箱分も車に積んで人里離れた所に涼みに行き、その容器に入ったのを谷川の水に漬けて置けば直ぐに冷えて来る。それで日本酒を冷やで飲むことのよし悪しは兎も角として山の中でもその冷やを飲むのは簡単なことになる訳で、その冷や酒を飲んだ後は、これは同じようなことを考える人間は幾らでもいるのだから何れは空の容器が谷川の流れを止めることになる。それを文明と勘違いしてはならなくてこれは文明の跡普《あまね》くではなくて文化の跡普くであり、これも二日酔いの頭とともに文化の恩恵に数えなければならない。それを反対に弊害と考えるならば文化の弊害にはこういう詐術があって、その害を蒙るのは先ずそれが便利で万事手軽にすませることから始り、それがそれだけですむものでないことが解ってからも害を除くよりは便利で通す方がいいという風に心理が働いてその挙句に二日酔いやがらくたの山には眼をつぶることになる。それに二日酔いには文化が各種の薬を用意している。

と同時に逆に文化を無視することも出来る。別にその声に耳を貸さなければならない義理は人間になくて日本酒のお燗は人肌と昔から決り、これを飲んでいればお燗が火を聯想させるから暑苦しいような気がするのに過ぎないことが夏でも解る。兎に角この方が得体が知れないもので出来た容器に入っているのを冷蔵庫で冷やしたのよりも旨いことは間違いない。そしてこれは酒だけの話に止らないのである。例えば氷屋というものがなくなってしまった今日、電気冷蔵庫を使うのは少しも構わない。所がその冷蔵庫は昔の冷蔵庫と全く同じ具合に使えるのである。例えば無暗に食べものを冷蔵庫に入れない方がいいのは昔と変らず、文明がそれを我々に教える。

飲む場所

1

ロンドンに十九世紀の後半から続いて今でもある有名な料理屋の一つにカフェ・ローヤルというのがある。それが現在では大分値段も上等な方になって主に会社の幹部とか羽振りがいい政治家とかが来る所になったようであるが、この店が始った頃から少くともこの間の大戦がすむ頃までは文士や画家、彫刻家が常連で、ここが有名になったのはそのことも手伝っていた。そして何故そういうのが集ったかと言うとロンドンではこれがフランス式の気軽に入れて旨いものを飲んだり食べたりしていつまでもねばっていられる料理屋の走りだったからで、殊に世紀末になってここに始終現れていたものの顔触れを見ると英国の近代文学史、或は近代美術史の一節を読んでいるような気がする。日本で知られている名前だけを拾って見てもこの店を根城にしてここに文士や画家が好んでやって来るきっかけを先ず作ったのがウィッスラーで、ウィッスラーの後を受けて次にはオスカー・ワイルドがこの店に集るそういう客達の中心人物になった。

これは勿論彼がクインスベリー侯との裁判沙汰に負けて民事訴訟が刑事訴訟に一変して投獄されるまでだったが、それからもカフェ・ローヤルはそうした文士達その他の溜り場であるまま二つの大戦を切り抜けて今日でも兎に角そういう性格を全く失った訳ではない。この店に伝えられている逸話を二、三拾って見ると、ウィッスラーはあの画風で凡そ器用に画筆を運ぶので真白な天鵞絨《ビロード》の仕事着に染み一つ付けずに朝の仕事を終えるとそのままの格好で毎日このカフェ・ローヤルに昼の食事をしに来たそうである。又ウィッスラーとワイルドのこの店での鍔《つば》競り合いも語り草の一つになっていて、ワイルドはもともとウィッスラーの名声を慕ってここに通うようになったのだったが、この二人の機智に富む話をすることで知られた毒舌家が長く両立する訳がなくて、その軋轢《あつれき》が二人に一層薬味が利いた言葉を吐かせた。これは二人の間で取り交されたそういう毒舌ではないが、ワイルドが或る別な人間に就て、「あれはエゴがないエゴイストさ」と言ったのはカフェ・ローヤルに来るものを喜ばせたワイルドやウィッスラーの警句のいい例である。

併しここではカフェ・ローヤルのことを書くのが目的ではない。兎に角、文士や画家がどこかそうした溜り場を求めて集って来るのは一つにはその職業の性質から自分の住居が仕事場になっている為に気晴しに外に出ることが必要であるからではないかと思われる。カフェ・ローヤルがフランス式の料理屋の走りだったことから繁昌し出したのならば当然フランスにはそういう気楽に入って時間が過せる店が昔から幾らもあった訳で、それで例えばパリで特にそういうものが集るので有名な一軒の店というものはない。併し本場だけあってフランスの文士や画家のことを読んでいるとカフェ何々という方々の店の名前がやたらに出て来て、それは今日でも変っていないに違いない。又ロンドンではカフェ・ローヤルが走りと書いたが、これは十九世紀になってからのことで、それまではコーヒー店がその役を勤め、十八世紀に当時のロンドンの文人が集ったコーヒー店の名前の幾つかが今に伝えられている。

それでは日本はどうかと言うと、そのことが実は初めから書きたかったのである。そういう店ならば幾らでもあったので、少くとも東京を離れれば今でも決してない訳ではない。尤も文士がどこに集ろうとかなり最近まで日本で人目を惹いたりすることがなかったからそれで知られた店などというのも人の噂に上ることがなかったが、それでも文士に限らず飲み助というのはやはり自分の好みに合った所の常連になるのが普通で、殊に戦争が始って酒がなくなるまでは我々が行く店というのも大体決っていた。併しそれよりも我々の飲み方というのが今から思えば凄じいものだったのであって、例えば午後の町中で誰か仲間に会えば早速ビヤホールに入って飲み出し、ビールに飽きるとどこか小料理屋に行き、遅くなってそこが締る時間になるとその頃あったバーというものに移り、確か夜の十一時かに警察の規則で閉店になると今度は懇意なおかみさんがやっている待合に最終的に河岸を変え、欄間の所が白くなって夜が明けたことが解って家に帰って行ったものだった。

我々がそんなに飲み続けたのはカフェ・ローヤルの文人達と少し違って議論をする為で、それで飲むというのは酒を飲むと頭の回転が早くなるとともに耐久力が生じて素面では面倒臭くて言えないことまで並べ立てられるからだった。併しそれならばどこで飲んでも構わないことになりそうであるが、やはりそこに好みがあって、ビヤホールはどこのも先ず同じとして日本式の店では初めは新橋駅の近くにあった吉野屋というおでんやによく行った。井伏鱒二氏が曽て、

今宵は仲秋明月
初恋を偲ぶ夜
われら万障くりあわせ

よしの屋で独り酒をのむ

春さん蛸のぶつ切りをくれえ
それも塩でくれえ
酒はあついのがよい
それから枝豆を一皿……

と歌ったその春さんがやっていた店である。春さんは戦後にそこを売って隠居し、今はそこに別な店が出来ている。そう言えば、これ程の名吟でなくてもロンドンの詩人達がカフェ・ローヤルで興に乗って作った詩というのも無数にあるようで、そこから思いは李白に、或は故青木正児氏の「中国飲酒詩選」に飛び、酒と詩には何か切れない縁があるらしい。その詩人では吉野屋ではなかったが、我々が後に通い出した出雲橋のはせ川でどうかすると萩原朔太郎が隅に腰を降して外を眺めていることがあり、三好達治は我々の仲間であり、先輩だった。このはせ川という店は今でもあるが、今は埋め立てられて建物がぎっしり建っている所をその頃は三十間堀が流れていて、はせ川は裏、或は入って行けば正面が堀を見降し、その脇に出雲橋が掛って向う岸の倉庫の壁に夕日が差していたりするのは東京の眺めの一つたるに足りた。

萩原朔太郎が偶に腰掛けていた隅に一番よくいたのは横光利一で、横光さんがそこにそうしているのが眼に入るとその日は儲けものをしたという感じだった。横光さんは若いものに親切な人だった。決して甘やかす訳ではなかったが、これからやる仕事に期待するという態度で、何か書いたものが横光さんに褒められれば自分が一人前の文士になる日もそう遠くない気がした。横光さんが下北沢の自宅から銀座に出る時の出方は大抵決っていて、その自宅から坂を一つ降りた所にあるハイヤー会社で事を頼み、先ず銀座の今は何か百貨店のようなものがある所にその頃は建っていた竹葉亭の銀座支店に行き、そこで鰻の中串が出てそれからはせ川という順序だった。或は今もある資生堂に初めからいるのを見付けると、そこからはせ川まで一本道だった。この頃の人間には横光利一というものの存在が我々にとって如何に大きなものだったか想像も付かないに違いない。もう偉いものなどというのはないのだそうで、それで結局は自分こそ偉いと思っているのだから世話はない。

併しそんな不粋なことの方に脱線する積りではなかった。はせ川は今でもあるが三十間堀はもうなくて、春さんにぶつ切りの蛸を頼むような仲秋名月も銀座で見ることは稀になった。昔はよかったのではなくて実に簡単に過ぎ去ったのである。その為にこれを書く。

2

昔は文士が集って飲む所があって、その文士もいた。併し一人で飲む所ならば今でもある。同時に、この頃はどこかの店などのことを名前を挙げて書くと直ぐそこに人が押し掛ける傾向があって、これは名前を挙げるものが偉いからではなくて何でも活字になったものは人目を惹く程もの見高い今日の時勢だからであり、今日の時勢などというのは後十五年もすれば大昔のことになって気に掛けることはないが、自分が行く店に迷惑な思いがさせたくなければその名前まで挙げるのは遠慮すべきである。それでその積りでこれから書く。

今でもよく行くそういう店の一軒に、その場所も実は余りはっきりしないのであるが、要するに大阪の道頓堀を一つの端から反対の端まで歩いて行ってもしその時左側になければ今度は又もとの歩き出した場所に向って行ってどこか右側にある筈の店で葦簾《よしず》で囲ったおでん屋がある。少くとも、かなり最近まではそうだったから今でも葦簾で囲ってあるのだと思う。先ずそこの酒が何とも飲み易い。この店に最初に行ったのがどの位前になるかもう思い出せないが、いつ行っても同じコの字型の卓子がおでんが煮えている銅壺《どうこ》を取り巻き、その酒が錫《すず》の四角いおちょこに注がれて一晩が始る。それが何という酒なのか聞いたこともあって、もう忘れてしまったのは大抵こういう所で旨いと思ってその名前を教えられてもそこにからくりのようなものがあり、酒屋に行ってその名前のものを買って来ても味が違うからである。恐らくは二種類以上の酒が調合されているのだろうと思う。昔、これは店ではなくて、石川県金沢の或る社長さんが出して下さる酒の正体がどうしても摑めず、それで漸く教えて戴いた所ではそれは御主人が御自分で金沢の酒と灘の酒を或る割合でお混ぜになったものだった。

道頓堀のおでん屋で出す酒もどうもその種類らしい。その四角いおちょことというのが七、八勺は入るもののようで一杯新たに注がれる毎に木の札が一枚卓子に置かれ、それが積って行くのを見ていて思い出すのは、今はどうなっているか知らないが、その昔パリのカフェでビールを飲んでいるとジョッキが一杯幾らの値段を焼き込んだ皿に乗せて持って来られてもう一杯注文する度にその皿が卓子に積まれたものだったことである。それでこの道頓堀のおでん屋の札と同じく皿を数えれば勘定が解る仕組みになっていた。そのおでん屋で一人で飲んでいて何がいいかと言うと別にこういう訳だからということもない。一体に人間はどういうことを求めて一人で飲むのだろうか。そうして一人でいるのに飲むことさえも必要ではなさそうにも思えるが、それでも飲んでいれば適当に血の廻りがよくなって頭も煩さくない程度に働き出し、酒なしでは記憶に戻って来なかったことや思い当らなかったことと付き合って時間が過せる。

併しそれよりも何となし酒の海に浮んでいるような感じがするのが冬の炉端で火に見入っているのと同じでいつまでもそうしていたい気持を起させる。この頃になって漸く解ったことはそれが逃避でも暇潰しでもなくてそれこそ自分が確かにいて生きていることの証拠でもあり、それを自分に知らせる方法でもあるということで、酒とか火とかいうものがあってそれと向い合っている形でいる時程そうやっている自分が生きものであることがはっきりすることはない。そうなれば人間は何の為にこの世にいるのかなどというのは全くの愚問になって、それは寒い時に火に当り、寒くなくても酒を飲んでほろ酔い機嫌になる為であり、それが出来なかったりその邪魔をするものがあったりするから働きもし、奔走もし、出世もし、若い頃は苦労しましたなどと言いもするのではないか。我々は幾ら金と名誉を一身に集めてもそれは飲めもしなければ火の色をして我々の眼の前で燃えることもない。又その酒や火を手に入れるのに金や名誉がそんなに沢山なくてはならないということもない。

例のジェームス・ボンドもので有名になった英国のイアン・フレミングは或る時それまで書いたものの著作権を十万ポンドで或る出版社に売って又しても新聞種になり、その際に友達の一人にそれだけ成功してどんな気持がするかと聞かれて灰を嚙んでいるようだと答えたそうである。それはそうに違いなくて、炉端で火に当るのに一億円は掛らないし、道頓堀のおでん屋では一晩いて曽て千円という金を払ったことがない。ただ一つ、人間には自分にどれだけのことが出来るか験《ため》して見たい欲望があるようで、それでフレミングも小説を書いて成功するということをやって見たのだろうが、それが出来ることが解った後はもとの杢阿弥で、或はその杢阿弥の方がもとのよりもいいに違いなくても、それで再び問題は火だの酒だののことになる。兎に角そこにいつも又結局は戻って来るのであるから道頓堀のおでん屋という風なものがなくては困るので、それでこの店も有難い。

それはどこでもコの字型の卓子に向って酒が飲めればいい訳ではないからで、今ここで書いたような無駄なことを考えて時を過すのにも先ず店の空気がそれを誘うものでなければならない。それには第一に酒が旨くて肴もこれに釣り合っていることが必要であるのは勿論であるが、ただそれだけでは又その店に行く気を起すとは限らなくて、それではその空気はということになるとこれはそう簡単に言えるものではない。或はその店が繁昌しているということが一つの条件かも知れなくて、その場合は店の活気が幾分客までを浮れさせ、この浮いた感じがそこにいて時をたたせるのを助ける。併し繁昌していることのもう一つの功徳はそれで店の人達が一人の客にそう構ってはいられなくなることで、それがひどくなってこっちの注文を聞いてもくれなくなるのでは困るが、こっちがして貰いたいことはしてくれて後はほうって置いてくれるのが一人で飲むのに一番適している。それが一人でなくても店の人達にちやほやされるのは一般に考えられているように嬉しいものではなくて、これは尤も一度でもそんな目に会ったことはないから単なる想像である。一般に考えられている程嬉しいものではないだろうと訂正して置く。

この道頓堀のおでん屋で出すおでんでは最近では茹で卵が好きになった。ただの茹で卵が銅壺の中で煮えているだけで、この店にはもっと知られた売りものがあるということであり、そう言えばそれを旨いと思って食べたこともあるような気がするが、ただ茹でただけの卵の白身を通しておでんの汁が染み込んでいる味はいつ食べても間違いがない。一体に日本酒というものそれ自体が実に凝った味のものであるから肴をそう念入りに選ぶ必要はないので、それで場合によっては塩だけでも味噌だけでも肴になる。併し逆に旨い肴は旨い酒がないとつまらないから妙なもので、例えば生牡蠣を酒なしで食べたらどんな味がするかまだやって見たことがない。そう言えばこの間その道頓堀の店に行った時は牡蠣もあって、それが煮えたのを食べなければと思いながらとうとう食べなかったのは、これは酒の功徳ではなくて罪で、よくそうやって食べる方を忘れてしまう癖がまだ直らない。

こう書いているうちに又その店に行きたくなったが、ここは生憎のことに東京で今晩ぶらりとそこまで出掛けられないのはどうにもならない。恐らく今頃そこは大繁昌で卓子に向っている客の後に客が立ち、錫の大きな徳利から錫のおちょこに酒が注がれ、木の札が積まれ、銅壺は煮えくり返り、旨そうなものが中から掬い上げられているることだろう。聞けば東京に憧れている馬鹿がいるのだそうである。一体何に憧れているのか解らない。

3

一人で飲むのにいい所だからそこが人を連れて行くにも適しているとは限らない。折角そういう独酌が楽める店が見付かったのにそこに誰かと一緒に行き、その次に又一人で一杯やれるのを当てにして出掛ければ先にその誰かが来ているのが必ずしもそう嬉しいことではないということもある。我々が生きものならば酒も生きもので、その酒と対話がしたいか酒も連れに加えて楽みたいかはその時の気分によるのであるから一人で行ける所を少くとも一軒は確保して置かなければならない。又一人で行ってこんな店があるだろうかと思うから誰か連れて行っても同じ結果が得られるとは決っていなくて、そこに連れて行く相手も生きものなのだという問題が起きる。

例えばこっちは男で相手は女だということだってある。どうもこの頃の男女平等論というのは可笑しなもので、もしそれが法律の眼に男と女は相等しいということならばこれは解り切ったことであるが、それで男と女が同じであることにならないのはこれも解り切ったことである。どう違うかは無数の点で指摘出来て、それが又如何に込み入った問題であるかは例えば耐久力ということ一つを取って見ても男と女では耐久力の量ではなくて質が違うのである。これも常識であってよさそうなものであるが、この頃のように男女は平等であるから同じであるという風な智能の程度を疑わせるに足る種類のことが平気で言われている時にはこの程度の断り書きをして置くことも必要になる。それで連れて行く相手が女であるからという場合も生じて、そうするとそのことも考慮に入れなければならなくなる。一体に女というのは男よりも酒に弱い。併しそう思えば間違いない訳でもないのであるからなお更話が面倒になる。

一体に女というのは男よりも酒に弱いが本当に強い女になると男が束になって掛って行っても敵わない。その辺のこともただそれが動かせない事実であることだけを言って置いて医学的な説明その他は飛ばし、それで相手の女が酒に弱いか強いかを先ず見定めなければならないなどということが説きたいのではなくて、次の事実として女は酒に弱くても強くても酒よりはその付き合いそのものが楽みたいのが多いということがある。それでその場所も人が寛いで話に時が移せる空気という条件が加り、更にこっちは勿論飲むのであり、女にも強いのがいるのであるから酒の点でも不足がある店であってはならない。その意味でも流石に日本のような文明国は昔からそうした条件を全部備えた飲み屋、料理屋というものが少くないのではなくて寧ろそれが当り前だったが、この頃はそういう飲み屋、料理屋の客にも男女平等だから同じであると心得ている手合いが殖えたから日本風の店に入ればそれでいいことにならないのは、これは尤も一人で行く時だってそうである。

例えば少しホテルらしいホテルのバーが今日では昔の日本のそうした店に相当する。こっちが連れの話に尽きない興味を覚え、それで連れの興味を惹くような話を次々に思い付く余裕がこっちにも生じると言ったものがこの種のバーにはあって酒に就てもそういう所ならば勿論心配がない。それで頭に浮ぶのが昔ならばカフェーと呼ばれた類の店がこの頃は社交場とか大社交場ということで通っていることであるが、その社交をもっと正確な日本語に直せば付き合いということでカフェー風の今日のそうした店で人と付き合ったりなど出来るものではない。それにそういうのは女を連れて行ける所ではなくて、あれは既にそこにいる女、或は女達に身命を賭してお世辞を言う、だから恐らくはその意味での社交場である。実は東京の或るホテルに幾つかあるバーの中で女を連れて行っても落ち着けるだろうという気がするのが一つあるが、これは連れて行きたくても女が入ることを禁じられている。

これも理由があることで、ここまで連れが女であることを想定して書いて来たのはそういうことになる場合もあることが示したかったに過ぎず、本当を言うと男同士で飲む時には女などというものはいない方がいいのである。これは日本以外に世界にあるもう一つの文明国である英国でも昔から認められている事実で、ちゃんとした晩の食事の集りではコーヒーと食後の酒が出る頃になって女は別な部屋に行ってしまう。そして男は後に残って飲み、女はその別な部屋で又飲んだり食べたりして暫くしてから男もそっちへ行く。或る英国の女の人から聞いた話ではこれは男が女と、従って又女も男と鼻を突き合せ通しだと男も女もやり切れなくなるからで、その休憩に似た時間に男も女も銘々同士で息を抜き、それでせいせいして又男と女と一緒でいるのが楽めるようになるということだった。つまり、明かに自分と違った生きものといるのはそれだけ気を遣うものだということで、これは野蛮人でない限りそうあるべきことである。

それで男同士で飲む時には女はいない方がいい。併しこれも女がいさえしなければそれで片付くことではなくて、一人で飲んでいる時には幾らでもそこにいられても誰か連れて行くにはどうかという場合が生じるのに就ては、非常に込む店で一人でいれば却って適当に気が散って快くても連れと話をするには騒々し過ぎるという一例が挙げられる。いつか或るお茶屋に友達と二人で行きたくなって部屋を申し込んだら小さな泉水に向った四畳半に通されて、その日は芸者衆が忙しかったのかどうかベルを押すと女中さんがお銚子のお代りを運んで来るだけでこれは実によかった。併しあれは全くの僥倖だったので、その店でもその部屋がいつも空いているとは限らず、又お茶屋に行って芸者衆を呼ばないように注文したりするのはその店にとって有難の大旦那にしか出来ないことである。勿論こっちは芸者というものが嫌いなどと言っているのではない。ただ前にくどいまでに述べた通り男だけでいて飲むというのもいいもので、あの晩のことを今でも時々思い出す。

そうすると男同士で飲むのに先ず間然することがないやり方に誰か友達と一緒に旅行するというのがある。まだこの頃のどこだか解らなくてどこだって構わないような大都市を離れれば如何にも都会らしい都会に昔通りの日本の宿屋が残っている所が決して少くなくて、そういう宿屋で朝起きて友達の部屋に行くか、こっちの部屋に友達が来るかすればそれだけで飲む条件が揃って、それが旅先ならば途中で飲むのを止めて何時までにどこかに行かなければならないということも、兎も角ない方が多い。そんな用事を抱えて旅に出るのは所謂、出張であって旅ではないのである。石川県の金沢にそういう宿屋が一軒あって、例によって名前は挙げないが、そこで大概通される部屋で朝目を覚すと宿屋が建っているずっと下の方を犀川《さいがわ》が流れ、その向うに対岸の木に蔽われた丘が見えて川に沿って古風な作りの家が並び、女中さんも心得ているから朝飯など運んで来ない。こっちが風呂から出た頃を見計って先ずビール、それから金沢の酒、又金沢にしかない肴、それが揃った頃にはもう友達も来ている。

「昨晩は酔った。」

「どこへ行ったのかこっちもどうも思い出せない。」

という風な話が交されても既に酔いは又廻り始めているのである。それからの一日は長い。そう思っただけでも無尽蔵に飲める気がして、そのような状態にあるから酒もがぶ飲みすることはない。ただ時々杯を上げ降ししていれば充分で、或は上げては降すのを始終繰り返していてもそれが言わば呼吸に合ったものになる。そうして時間がたって行って昼になるかも知れない。或は夜になっても構わない。先ず人を連れて行く所の随一である。

4

皆で飲む所というものはない。皆で行くと言ってもそれがどの位皆かという点で困るので厳密にこれを世界中の人間という意味に取るならば、世界中の人間が行ける所はその世界である地球しかないという風なことになる。併し皆というのはもう一つ、誰でもということでもあって又これは誰がいても構わないということにもなり、その誰がいても気にしないで飲める所ならばある。これは一人で飲める所と余り違わないようであるが必ずしもそうではなくて、これは一人で飲むのにいい所に誰か妙なのが入って来ては困ることを考えることからも明かである筈である。併し皆で行く所をそういう意味に取ってそれが一人で行く所、或は一人で行くことが多い所であることにはなりそうに思える。

例えばビヤホールというものがあって、これはどこの何というビヤホールと決めなくても大概のビヤホールならば先ず気楽に飲める。そこに来るものが見た所は皆その積りでいるらしいから不思議なものでビール一杯飲むのに勿体振ることはないということもあるのだろうが、それにしてもただ何とはなしにそこに入って飲んでいるのだという感じは捨て難い。勿論その中には仕事の合間に手軽に食事をするのが目的と言ったのもいるに違いなくて、これはその素振りでも解る。そしてそれはそれで少しもこっちの邪魔にならず、こういうビヤホールのような所がいいのは結局はそこで誰も誰の邪魔にもならないでゆっくりしていられるということにあるかも知れない。もし多少の苦労があるとすれば、ビールの一杯がなくなり掛けた時に後を途切らせない為に手早く給仕さんその他の注意を惹くのに或る程度の技術が必要なこと位なものだろうか。もう大分前からビヤホール通いをしている経験から言うと、これは難船したものが助けを求める場合と同じでハンケチを振るのが一番利くようである。

このビヤホールの空気は、ここまで書いて来たことで既に明かであるかも知れないが、それがのんびりしたものであるのに浸るのに夜よりも昼間が向いている。何故か飲むのは夜と決めている人達が多くて、これは昼間は仕事があるからということがある為であってても別に昼間飲んではいけないという規則がある訳でもないのに夜になると人がこういう場所に集り、それはそれでその中の一人になるのに都合がよくても昼間はそのように飲むのが目的で来たという感じの客が少い点で一層ただそこにいて何とはなしに飲んでいられる。一つには昼間の光線の方が電気よりもビールの色に合っているらしくて誰とも解らなくて誰でも構わない客があちこちの卓子にいるその一人になって前に置かれたビールをこの光線で眺めていると自分の気持もそれと同じく目立たないものになるというのは可笑しいだろうか。そういう時のビールの色はただ色が付いているというだけのもので、これは昼間の光線がただその辺に差しているだけなのと余り違わない。

それで他の客を見るともなしに見る余裕も出来て、どういう身分でその家庭がどんなでなどということを離れてそこにいる人間はそこにいるのだという感じがして来る。我々が動物園に行って例えば一頭の麒麟《きりん》を眺めている時その麒麟の連れ合いとの間柄が旨く行っているかという風に考えずにただその麒麟が如何にもそこにいて一頭の麒驎であることに惹かれる。それが人間に対して出来ないということはない筈で、その上に人間は自分と同じ種類の動物であって自分の経験に即して何かと忖度することが許されるのであるからもっと想像の余地もあり、それは相手がどういう身分でという種類のことではなくてそこでその人間も来て飲んでいる人生というものに就てである。もっと簡単に言えば、自分と同じ人間が何人も廻りにいて自分がやっているようなことをやって暇を潰していることで自分が人間の世界にいる感じになるのにビヤホール位適している場所はないということになるかも知れない。

だからなお更昼間の方がいいのである。併しそれが夜ならば夜で別種の魅力があり、電気の明りというものの性質からどうしても自分がいる卓子の辺に注意が行くことになるのでその外は雑音と騒音と気配だけになって却ってその為に何か起っても不思議ではないという感じになる。勿論何も起りはしなくて、ただその期待に似たものが刺戟にもなって多勢のものの中にいるのがお祭の時と同じ作用をする。又それには夜がよくて電気の明りと言ってもそれで闇の部分がなくなる訳ではないから薄暗闇に包まれた眺めは昼間とは違った形で想像力に働き掛け、昼間は余りいない酔っ払いも暗ければ素面のものと見分けが付け難くて夜のビヤホールはビヤホールよりも夜の感じが強い。フォースターという英国の小説家が人生は人生であるものと劇であるもので出来ていて、その劇の方を見てそれが人生であると思ってはならないという意味のことをその小説の一つに出て来る人物に言わせているが、それならば夜のビヤホールは劇が起りそうでいて、それでも構わずに飲んでいるうちにそれが人生とでも呼ぶ他ない静かなものに変って行く。

皆でというのが誰でもになって、その誰でもがいつの間にか自分一人になった。併し多勢のものといればそれが自分の知っているものでも知らないものでも結局は自分一人でそこにいることになるのではないだろうか。それがビヤホールでなくてももっと派手な、そして見方によってはもっと澄し込んだ会などで何百人かの客の一人でしかない時にはそこに友達の誰が来ていてもその友達と飲んでいるという感じはしない。これは恐らくは人間の精神が一回に受け入れることが出来る印象の量には限度があるからで、それが恋愛でもしていて何人もの客が意識から消えて相手一人がそこにいるというような場合を除けば視界に入って来るものがその特定の一つに長く注意しているることを許さないのである。併し友達も自分も人間であるならば誰かれの区別が付かなくなってただ人間というものがそこにいるのを感じても損をするものはいない筈である。その人間に即して友達も自分もいて、いつでもそこから抜け出して他所に友達と飲みに行ける。

これまでに文士が集る所だの一人で飲む所だのと随分書いた。そう使い分けしている積りはなくても自然にそんな風に頭を働かせるらしくて、これも長年の間に出来上った自分の好みというものかも知れない。それだけにこうすれば間違いないということはない訳で、ただこっちは一人で行くと決めた所にはこれからも一人で行くのだろうと思う。つまり、自分だけの話で誰の参考にもならないことしか書いていない。それだからもう止める。

酒と議論の明け暮れ

酒を飲み始めたのが昭和六、七年辺りで、その頃、吉野屋という、新橋駅の近くのおでん屋によく行った。井伏鱒二氏がその「厄除け詩集」でそこの主人に、春さん蛸のぶつ切りをくれえと言って、われら万障くりあわせて独り酒をのむことになっているその吉野屋である。最初に連れて行って下さったのは河上徹太郎氏であって、もっと正確には、その時ここで始めて日本酒というものを飲んだ。吉野屋でその頃出していたのは何という酒だったか、もう忘れたが、二十歳になって飲み出したのだから、それが白鷹だろうと、菊正だろうと、直ぐに旨くなったりする筈がなくて、日本酒というのは水のようなものを一晩中、或はまだ外が明るいうちから飲み続けて、真夜中過ぎると気持が悪くなるものだと思っていた。大体、青春などというものが本当にあるのかどうか、医学上の問題を離れれば全く疑しいと言わなければならない。子供は無邪気だと考えたりするのと同じことである。

併し兎に角、その青春に相当する期間は酒と付き合っているうちに過ぎたように思う。それでもう一度、吉野屋の話に戻る。何でもかでも飲んでいれば酒の味は解らなくても、眠くなることはなくて、頭も冴えているのか、興奮しているのか見分けが付かない状態になるのが面白くて、吉野屋にも散々通った。二階があって、そこにも上って飲んだ晩のうちで、或る時の顔触れが大岡昇平氏と佐藤正彰氏と河上徹太郎氏だったことがあるのが、偶然、今でも記憶に残っているが、大岡さんはまだ大学生で(ということは、我々は皆誰でも一度は何かの形で学生だったということである)、その頃話題になった文芸雑誌が「詩・現実」だとか、「詩と詩論」だとかいう分厚い季刊誌だったのだから、確かにもう随分昔のことである。勿論、我々は吉野屋でばかり飲んでいた訳ではなかった。その当時、設備が仰山な大阪風のカフェに対してバーというものが出来て、バーの女給さんは知識階級に属しているというのでこれには文士、或は文学青年も行くことになっていた。

併し昔のことを思い出していると、順序が狂っていけない。バーが方々に出来たのはもっと後のことかも知れなくて、第一、これでは一晩飲んで廻るのに先ずいきなり吉野屋に行ったようであるが、そんなことはなかった。昔は銀座という所が現在よりもっと人通りが少くて、表通りが百貨店や百貨店擬《まが》いの店で占められているということもなかったから、昼間からぶらぶらしていて直ぐその辺に飲む場所が見付かった。例えば、今の三愛がある尾張町の角にもビヤホールがあって、電車通りを越した所のビヤホールと向き合い、どっちかで飲んでいるうちには、その頃は尾張町の横丁にあった「はち巻岡田」に行くというようなことになった。横光利一氏はその三愛の所にあったビヤホールの隣に、当時は竹葉亭があったのを好まれて、この鰻屋でよく御馳走になった。併し横光さんもそれで帰られるのではなくて、こっちが吉野屋に通い出してから間もなく出雲橋の袂に出来た「はせ川」に席を移すというのが大概、横光さんと飲む時の順序だった。それからバー、次に焼き鳥屋というようなことだったろうか。

こうして書いていると、色々な店の名前が頭に浮んで来て、その中にはもうなくなったものも少くない。三筋とか、三鈴とかいう鮨屋もあった。「ミュンヘン」が出来た時は、地上の木造の建物だった。吉野屋は今は空き家で、ただ春さんは楽隠居して健在であるというから、楽隠居の一件を除けば、我々と同じである。我々はこういう場所を飲み歩いては、酒で元気を付けて議論するのに夢中になっていたようである。だから、吉野屋も我々の議論の跡なのであるが、その頃と比べて別に年取ったという実感もない。

酒、旅その他

名前を忘れてしまったが、神戸のどこかにあるビルの地下室のイタリー料理をやっている店があって、不思議に、神戸に行くとそのビルがどこにあるか大体の見当が付くので、神戸に行って暇がある時にはそこで昼の食事をすることに大分前から決めている。イタリー料理だからうどん粉を捏《こ》ねたものを使った料理が多いが、何を注文しても旨いから、考えて選ぶ必要はない。併しそこで昨年、ザバイオニという菓子を作って貰って、これは今でもその名前を覚えている位、旨かった。要するに、卵の黄味とブランデーを混ぜて固めただけのもののようで、強壮剤にもなるということだったが、その為か、二日酔いの頭には素敵に上等なものに思われた。卵酒をもっと活潑な味にしたものと思えば間違いない。神戸はその他に、外国船が入って来る関係か、洋酒のいいのを飲ませる店が多くて、日本でもないし、外国でもない感じのそういう酒場でその種類の洋酒を舐めていると何だか寂しくなって来るのも、その味に合う。

二日酔いというのはそんな風に、何だか寂しくなるのがいけない。それで酒場から酒場へ廻った挙句の二日酔いの頭でその地下室の料理屋に行くと、店の感じがどことなく明るくて、うどん粉を捏ねたものは胃にいいし、それを口実にイタリーの赤葡萄酒を飲んで頭を瞞《だま》しているうちにザバイオニが出来て来て、二日酔いもどうやら薄いで行くのが解る。併しいつだったか、旅行していて一週間ばかり、朝から晩まで飲み続けて八日目になったら、酒精分があるものは一切、喉は一応通っても胃まで降りて行かないような具合になったのには驚いた。胃まで行かないのだから酔いもしなくて、どこか途中で止っているので後からもっと注ぎ込むことも出来ないし、あんなに何とも言えない気持になったことはない。それは大阪で起ったことで、大阪の友達が憐んでくれてまだそういうどうにもならない状態が続いているその晩、先ず法善寺横丁辺りの小料理屋に引っ張って行った。

あれも一種の大阪料理なのかも知れないが、鯛のあら煮など、二昔も、その倍も前の東京で江戸料理と教わった味がして、本当は嬉しい筈だったのに、まだ体の中が鉛の玉を呑み込んだようになっていて、その鯛のあら煮が二切れしか食べられなかった。酒も少しずつ、用心して流し込む他ないのである。心細い限りで、その晩は道頓堀の「たこ梅」まで行く気さえしなかった。友達はなお憐んで今度は、これもはっきりはどこだか解らない色街の料理屋に連れて行った。三味線というものは歌舞伎の舞台から芝居小屋一杯に響いて来るのが一番いいような気がするが、待合などで一座敷か二座敷、序《つい》でに中庭を一つ位隔てて聞えるのも風情があるもので、そのお茶屋さんでもどこか離れた所から三味線の音が聞えていた。酒は相変らず、少しずつ流し込んでいる他なくて、それでも飲んだ酒が前よりは少し胃に近づいた感じになった頃、呼んだ芸者衆の一人が立って、唐傘を一本持って男舞いを始めた。これは実にいいものだった。隅田川でどうとかしてとかいうことが唄の文句にあって、大阪にいるのだか、東京なのだか解らない気持になっていると、そのうちに酒が胃に向って降り始めた。併しその時はもう真夜中近かったので、宿屋に帰って寝る他なかった。

旅の記憶というのはどういうのか、どこかで飲んでいる思い出に繋る。今から十年ばかり前に英国に行った時のことなどは、全く飲んでいる光景の連続となって頭に残っていて、ロンドンの酒場、ロンドンのクラブの食堂、真夜中のホテルで不寝の番から買ったブランデー、汽車の中で飲んだウイスキー、マンチェスターのホテルのバー、同じくマンチェスターの地下室にあったのだが、地下室のような感じがする酒場、グラスゴーのホテルのバーという風に、そこの所だけが今でもはっきりしている。だから、どうしたのだと聞かれるならば、別にだからどうということはないのである。

ロンドンの飲み屋

前にここに来た時にオナー・トレーシー氏に案内されて飲み屋を一晩に十一軒ばかり廻ったことがあるのを思い出し、是非もう一度という気になるだけはなったがトレーシー氏の所に電話を掛けるのが複雑な手続きが必要であるのみならず前程は暇でもないらしいので、一人で同じことをやるとなると、殊にその十一軒廻った晩は段々に酔いながらいい気持になって引き廻されたのだからどこがどこにあったのか、そんなことを覚えている訳がない。確かピカデリー・サーカスの角にある百貨店の前で落ち合って、それからその直ぐ傍の裏通りにある飲み屋でこういう場所での飲み方を教わったのから始り、その店を出て次第に暗くなっては行ってもそれが殆ど気にならない位なのでいつまでも日本の夏の午後五時位な積りで別な店に入っては又出て来ているうちに、どこか放送局の脇にある飲み屋で二、三杯ビールを飲むともう午後十一時で、飲むのを止めなければならなかった。それでそんな時刻に店を締めるのはひどいと喚き出し、トレーシー氏に窘《たしなめ》られたのは、これはよく覚えている。

それが丁度、十年前のことで、そういう店が昔通りにもとの場所にあるかどうかも解らない。幸、ロンドンの飲み屋案内が本屋にあったのでこれを買うと、今度はトレーシー氏と行った店の名前を殆ど覚えていないことに気が付いた。ただ一軒だけ、これは後で他の友達とも何度か行ったので名前が記憶に残っているのがあって案内の地図に出ている街までタクシーで行って見れば、十年前の店がそのままそこにあった。その店の番を主人の娘さんがしているのも前と同じで勿論、向うが覚えている訳はないが、卓子も、椅子も、壁の汚れ方も、酒壜の並び方も変っていない。この店に来た時の季節が同じ夏だったから日光がそこに差し込んで来る具合も同じで、今と昔の間に流れた十年の月日が無駄になったのではなくとも、兎に角どこかに消えてなくなった感じがする。ただ、こっちが変っただけでなく、そんなことを言い立てるのは悪い意味での個人主義、つまり、野暮である。

だから知らん顔をしてギネスを一杯、注文した。前の時もこれを頼んだかどうかもう覚えていない。前に行った店の名前や場所を覚えているのよりもこれは難しいことでギネスは今度、英国に来て飛行場で飲んで旨いと思ったから、又頼むのである。ここの主人がフランス人で大変な愛国者であることが頭に浮んだ。戦争中、ド・ゴール将軍が在外のフランス人に呼び掛けて祖国の急を救うことを求めた大きなポスターがまだ壁に掛っている。ここの勘定台の脇にある煙草を入れたガラス箱にはフランスのゴーロアズもあって、これは昔のパリが懐しくなり、買って吸った。併しこのフランス人経営の店は今度の戦争が始る前からロンドンにあり、ロンドンで知られた飲み屋なのだからこれは紛れもないロンドンの飲み屋であり、フランス風に例えば、上等の葡萄酒が下の酒蔵にしまってあるのも少しでも変っていては困るのである。それで料理も旨い。

尤も、これは今度、発見したことである。そのド・ゴールのポスターが掛っている脇に凝った料理の献立てをペンで書いたのが貼ってあったので、それを出すのはどこかと聞いたらそれまで知らなかった小さな食堂が二階にあった。やっと十人位の客が食事出来る狭さで、そこに燕尾服に黒ネクタイの給仕が二人で客の世話をしている。ホテルまで晩の食事をしに帰る気がしなくなって酒の表を見ると何でもある。それを飲むだけという訳にも行かないので凝った料理のうちから何かを選び、白葡萄酒の小壜、赤葡萄酒の小壜で最後に、コニャックに就て給仕の意見を求めたらこの店にだけ特別に送って来るフランスの小さな醸造家のがあるということなので、それに決める。本当に薄い黄色をしていて、あの茶褐色でグラスに跡が付きそうなのは駄目なのだとどこかで読んだのを思い出した。そして凡ての銘酒と呼べるものと同様に、このコニャックもひどくあっさりしている。或は、とろりとしているというのだろうか。こういう、とろりとしているのとあっさりしているのが一緒になったのを何と形容するのか、どこの国の言葉にも適当な言葉がないようである。

階段を降りて来る時、十年前に見た主人に又、出会った。お宅のコニャック・メーゾンは凄《すご》いと言って、それから帰ったような気がする。店の主人もこっちを覚えている訳がない。外はやっと暗くなっていた。

アメリカの酒場

ニューヨークにいる時、殆ど毎日行った酒場があった。

自分が泊っている場所に近かったからでもあるが、酒場などというのは気に入れば距離位のことはどうにでもなるものである。その辺がどこだったかということになると、今になっても、そのグレネッジ・ヴィレジというのがニューヨークのどの部分にあるのか解らずにいる。併しそこで五番街が終っていることは確かで、それでそこから逆に五番街を上って行くとニューヨークの中心地に出た。その五番街が終っている所にワシントンを記念する凱旋門のようなものが建っている公園があって、この公園の周囲がグレネッジ・ヴィレジと呼ばれているらしい。そこの或る街角にその酒場があって、既に言った通り、そこへ行き続けたのは近いということよりも如何にもそれが感じがいい酒場であるからだった。

尤もどんな風に感じがよかったかを説明するのは難しい。もともとそこを見付けたのは或る朝のこと、宿舎を出て手持ち無沙汰に前の通りを歩いて行くと、先の角にこの酒場がある建物があって、窓に何かアメリカのビールの名前が出ていたからだった。シュリッツというビールではなかったかと思うが、それを飲んで見る積りで入って行って、奥の食堂から右に逸れた所がその酒場になっていた。

そう古くからあるのではなさそうでも、手入れがよくて木の棚も、台も、その金具もぴかぴかに磨き立てられているのが時代が付いたのに似た味を出して繁昌していて始終、取り代えられる為か、棚に並んでいる何百本もの酒の壜にも活気がある感じだった。そこの時計は大きな懐中時計の恰好をして天井から吊され、それがゆっくり廻転して時間を見せたり、隠したりしていたのを今でも覚えている。無論、そんな所でビールなどというものを飲むのは勿体ないから他のものを注文した。

何を頼んだか、もう忘れてしまったが、次々に注文して結局、昼の食事の時間近くまでそこにいたのは台の後で働いているバーテンさんが実に愉快な男だったからである。これなら映画に出てもいいだろうと思われる顔立であるのみならず、その顔も、全体の動作も、後の酒の壜と同様に活気に満ちていて、注文を聞く為に台から体を乗り出す仕草を見るだけでこっちまでが明るくなった。その日は温度が八〇度、湿度が九〇度とかいうひどい夏の日でこのバーテンさんもワイシャツの襟を開けて申し訳にその廻りに黒いネクタイを垂らし、顔も汗ばんでいるのに、暑い感じがしなかった。この日の湿度が九〇度であることを教えてくれたのもそのバーテンさんである。併しそれでその朝中、体が恐しく重たかった理由が解ると同時に、そのことも忘れ、その店は冷房などしてないのにただ飲んでいればいいのだという気分になった。尤も酔いが廻って来たということもある。

そんな風に行った途端に非常に助かったので、それからは暇さえあればその酒場に行った。このバーテンは混ぜものの飲みものを作るのに大きなガラスのコップに蓋をして振るだけでこっちの好みから言うとウオツカに少しトマト・ジュースを入れた飲みものが殊に旨かった。トマトというのは缶詰めになっていても或る程度の滋養分はあるから、この飲みものの五、六杯で昼の食事の代りにしたことも何度かある。晩は余りこの酒場に行かなかったのは晩は晩で別に通い付けの所があったからであるが、昼間はニューヨークをたつ日までこの酒場に行った。その名前を序でに書いて置きたくても生憎、直ぐ傍にあるので名前を覚える必要もなかったから聞きもしなかったのは残念である。併し場所はよく知っているから今度ニューヨークに行ったら、又あすこの戸を開けて台に向って腰を降す積りでいる。

二日酔い

何でもいいから書いてくれと言われると、決って食べもののことが書きたくなるのは不思議である。それでいて、食べもののことに就て何か書けと言って寄越されると、馬鹿馬鹿しいと思う気持も手伝って胸も腹も一杯になり、そういう訳で食べものに就ての原稿は、ここの所もうどの位になるか解らないが、断り続けている。

併し初めに戻って、何でもいいからという場合は、食べもののことが書きたくなる。これは、ものを書くというのが一種の重労働であって、それをこれからやるのだと思うだけで腹が空いて来るからではないだろうか。初めから食べものに就てという条件付きならば、そんな陸《ろく》でもないことをという反省もするが、それがなければただもう腹が空いて来る。

現にこれを書きながら、二日酔いということもあって鰻の蒲焼きが食べたくて仕方がなくなっている。それも、どこの店をどうしたのというような上品な話ではなくて、鰻の蒲焼きでありさえすれば、どんなのでもいいという訳には行かないが、兎に角、鰻の蒲焼きらしい味がするものならば何でもいい。注文を付けるならば、あの昔の赤や青の模様がある大きな丼に入った鰻丼だったらばと思うと、どことなく夢心地に誘われる。

世界広しと雖《いえど》も、あんなにこってりして体の隅々まで満足させてくれるものはその後、まだ出来ていない。と思うのも、空腹のせいだろうか。食べものに就て書くなどというのはつまらないことであるが、空腹である状態には何か切実なものがある。二日酔いの時にはそれがどういうものか、殊にひどくて、食べもののことばかり頭に浮んで来るから、それならばいっそのこと、食べもののことに就て書いてやれという気になるものらしい。

二日酔いと食べものに就てもう一つ不思議なのは、前の日に食べればよかったのに食べずにいたものを思い出して、惜しくてならなくなることである。例えば、昨日は雛さんの店で（銀座にそういう店がある）、立ち飲みに立ち食いの会があり、飲む方に就て何も言うことはなかったことの証拠が今日の二日酔いであるが、大きな皿に盛って並べられていた色々なものにどうしてもっと手を出さなかったのか解らない。鮭を半分位、燻製にしたのを氷の上に載せたのがあって、今ならばあれをパンにバターをしこたま塗ったのに重ねて幾らでも食べられる。鴨のロースも並べてあって、それから鱧《はも》か何かを胡瓜で巻いたのがあり、何れも大変、結構だったのに、一口ずつ食べただけだった。それから、今は何か虹色の靄に包まれたようになっていて、はっきり見えない料理が山海の珍味の標本も同様に、その時は直ぐ眼の前にあった。

こういう際にそれを食べずにいるのは、確かに飲むのに忙しいからである。酒は百薬の長であるだけでなくて、又、大掃除に便利な玉箒《たまばはき》であることに止らなくて、滋養分でもあり、理論的に言えば、酒さえ飲んでいれば食べる必要はない。

併しながら、それ故に私はこれで沢山でと塩か何かを舐めながら酒を飲む人間というのも恐しくいや味なもので、第一、その酒の肴を作った人間に対してそんなことをするのは失礼である。そしてそれでも一晩に鴨ロース一切れに鱧か何かを胡瓜で巻いたもの一つですましたりするのは、やはり酒の魔力によるとでも考える他ない。

尤も、それと人の話がある。旨い酒を飲んでいて、或は、どんな酒でも旨くなる程酔っ払って（雛さんの所の酒は旨い）、傍で人が何か面白い話をしているのを聞いていれば、もう何も食べることはないのである。序でに、眺めるのに洒落た洋服だの、綺麗な顔だのがあれば、なお更である。

西洋人の宴会というのは殊に、その眺めて飲んで話す条件に主人側が気を配るから、食べる方がどこかへ行ってしまう。所が、食べるのに旨いものを出すことにも注意を払うから、翌日になって二日酔いの頭で料理のことを思い出すと、一層ひどいことになる。雉《きじ》の丸焼きにじゃが芋の揚げたのをあしらったのが天井の隅に棚引いたり、どこからともなく茸が入ったソースの匂いが漂って来たりする。鶫《つぐみ》を頭を付けて丁度いい加減に焦げる位に焼いたのが、前の晩と同じように直ぐそこにあると錯覚したり、猪の頭がどうだ、どうだとこっちを向いて笑ったりする。同じく西洋の神話に、何だかそんなのがあった気がするが、今は思い出せない。兎に角、二日酔いの朝は食べものの夢に悩まされるのである。

禁酒の勧め

酒が体に非常に悪いことは説明するまでもない。そう書くと、如何にも説明などすることはないような気が一時はするが、少したつと、何故その必要がないのか解らなくなるから、やはり説明しなければならない。先ず第一に、という所まで来て、もう一度よく考えざるを得ないのが、どうして酒がそんなに体に悪いのかという大問題である。別に悪くはないことなど初めから解っているのであるから、これは難しい問題で、そこに何とか理窟を付けなければ人に禁酒を勧めることが出来ないことを思うと、全くこれは困ったことになったという感じになって来る。酒と女に身を持ち崩し、という言い方があるのをここで思い出したが、女のことはいざ知らず、酒で身を持ち崩すというような結構なことをやった人間に一人も会ったことがなくて、どうすればそんな具合になれたか想像して見る前に、やたらに羨しいという気持が起って来るばかりである。

昔読んだ話に、或るアラビアの王様が一人の飲んだくれの詩人に、人は酔っ払うとどんな風になるのであるかと下問遊ばされた所が、その飲み助は、飲み屋が開く前からそこの入り口で酔っ払っていて、客が皆帰ってしまってから最後に泥酔して店から運び出される私に、どうして人が酔っ払ってどんな風になるか解りましょうかと奉答したというのがあった。だから、酒を飲んではいけないということになるのだろうか。そんな難癖に答えるのはへいちゃらで、それじゃ少し飲みゃいいんでしょう、少し。又実際には、酒の量を加減する必要もないので、同じく曽て読んだ話に、ソクラテスが或る日のこと、友達が集っている所にやって来て、その何人かのものは、昨日も飲んだんだから今日は、などと言っているうちに、やはりソクラテスを囲んで飲み始めた。ソクラテスも一緒に飲んだことは言うまでもない。そして談論風発というのか、一同は美を語り、愛を論じて一夜を明し、皆が卓子の下に転がって正体がなくなっている翌朝、ソクラテスだけはやれやれという風に立ち上って顔を洗い、歩いて帰って行った、というのもあった。

これでは、酒がどうして体に悪いのか解らない。その時、ソクラテスと一緒に飲んだものどもはもともとが酒に弱い質だったのだろうし、それで彼等は一般の酒に弱い人達に身を以て模範を示して、早目に切り上げて泥酔して寝ちまったのだから、その晩の酒が彼等の体に大して害を及ぼしたとも思えない。ここまで書いて来て、酒に身を持ち崩しの話が中途半端になっていることに気が付いた。そんなのは想像も出来ないと書いたのだったが、事実、身代を潰すまで飲むのには大変な量の酒を飲まなければならない。この頃は百貨店で十何万もする西洋の酒を売っているそうで、その値段に驚いての身を持ち崩しなのだろうか。併しそんなのは会社が会社にお歳暮にでも送り付けるもので、普通の酒を飲んで身代を潰すとなると、飲むのに忙しくて酔っている暇もない筈だし、そういうことをやって得意がるのは飲み助というものではない。仮にお銚子一本三百円もする高い酒を一石分飲んでも三十万円で、今日では三十万円を一身代と見做すことが出来ないのは、それこそ説明するまでもないことである。

併しこれでは禁酒の勧めにならない（後で大蔵省に表彰して貰いたい）。酒は体に非常に悪くて、金も掛る。一例を挙げると、それがなかなか見付からなくて困るのであるが、やっと探し出した所では、或る晩、酒が体中に力が漲っているという錯覚を起させて、コンクリンや電信柱を拳《こぶし》でぶち抜くことを思い立ち、それを実行に移しに掛っての痛さは酔っ払った骨身にもこたえた。併し別な時に同じ精神状態で門が締ってから家に帰り、門に体当りを食わせたら壊れたから、酒が錯覚を起させたというのは正確ではない。本当に酒を飲むと力が出て来るので、コンクリンを殴ってこっちが痛い目に会ったのは、酒によって増加した体力の分量とコンクリンの抵抗力を比較するに当って若干の誤差があったまでのことである。併し酒を飲んでいなければ、初めからそんなことはしなかったに違いない。と言っても、その論法に従えば、家で一日中、蒲団を被って寝ていれば、自動車に轢《ひ》かれる心配はないのである。

酒を飲んではいけないことをよく解らせる何か恐しい例というものはないものだろうか。いつだったか、山形県の或る造り酒屋さんにそこの仕事場を見せて貰って、大きな樽に幾つも酒になり掛けの液体がぶくぶく泡を立てているのを見降しながら、その脇に出来ている狭い通路を歩いている時、もし足を踏み外してその樽の一つに落ちれば、柿渋を入れた甕に落ちるのと同じで体中の汗の穴が塞がって絶対に助からないと言われて、足が震え出したことがあった。酒はそのように恐しいものなのである。或は、もっと正確に言えば、酒になり掛けのあのぶくぶくしているものはそうなので、そんなものは飲んでも旨くない。それに、泳げなければ、ただの水の中に落ちても人間は死ぬので、それで禁水同盟なんていうものを始める奴がいたら、どうかしている。併し酒ではなくても、酒になり掛けは恐しくてまずいというのは、少しは禁酒の趣旨に添っていると見るべきではないだろうか。

それだから、酒のなり掛けが酒になったのはもっと恐しくてまずいと言いたい所であるが、生憎そうは行かない。酒のように旨くて体にいいものは、——という所で、この小文の趣旨を思い出した。そう、そんなことを言ってはいけないのである。酒はまずくて体に悪いもので、その一例にこういうのがある。英国の歴史でいつ頃のことか覚えていないが、大分前の十五世紀とか、十六世紀とかいう辺りで、国王の兄弟に当る王族が謀叛を企てたというので死刑を宣告された時、特別の思し召しで自分が好きな殺され方で殺されていいと言い渡されて、葡萄酒の樽で溺れ死にしたいと願って許された。それを聞いたものは皆怖じ気を振って、謀叛さえすればそんな結構な目に会えるのかというので謀叛を企てるもの引きも切らず、では少くとも、禁酒の趣旨からすれば辻褄が合わないが、要するに、これはその人間がそういう死に方を選んだというだけの話である。それ程、葡萄酒というものは旨いということになるか。困ったものである。

併し何だろうと、酒が体に非常に悪くて、社会の秩序を乱し、道義の頽廃を来すことは誰でも知っている。それで先進国の、だかどうだか知らないが、兎に角、アメリカでは禁酒法というのを実施したことがあった。これは十五世紀だとか、十六世紀だとかいうのに比べれば割合に最近のことで、この賢明な措置は忽ち効果を収めて密造は全国的な一つの産業になり、メチールで眼が潰れたり、死んだりするもの数知れず、酒が手に入らないものは少しはアルコール分があるというので香水を飲み、アメリカ人が酒を飲む時の態度はなっていないものになり、密造は悪の社会と結び付いて縄張り争いで血の雨が降り、機関銃が鳴り、アメリカが王道楽土と化したことを今に覚えているものも少くない。実際、酒というのは恐しいものである。飲んじゃいけないということになればね。そう言えば、米を食っちゃいけないことになったら、或は、米が食い難くなったりすると米騒動が起り、パンを寄越せとウィーンの市民達が叫ぶのを聞いて、王宮のお偉方は震え上った。酒も、米も、パンも恐しいものである。だから、いっそのこと、飲まず、食わずに死んじまうか。

ここでやっと一つ、いいことが頭に浮んだ。「石切り梶原」で、梶原景時がその何とかいう名剣の切れ味を験す為に、罪人を二人重ねたのをそれで切って見ることになる。二人の罪人のうちで一人の方のことは、十五代目が最後に景時をやった時から余りたっているのでもう覚えていないが、一人の罪人は引き出されて来て、実に長々と酒の害毒に就て述べ立てる。恐らく、酒というのはひどいものだということをあの位、真に迫って語った言葉は世界文学上から言っても珍しくて、これに比べれば、ゾラの「酒屋」なんていうのは統計学者の報告に過ぎない。酒は凡て世の中で不幸なことのもと、その証拠にこの私を御覧なさいと、鼻を赤くして訴えるその有様は孤舟の嫠婦《りふ》を泣かせ、何とかの蛟龍《こうりゅう》をどうとかして、綿々嫋々《めんめんじょうじょう》、恨むが如くであるのは実は恋い慕っているのであり、現物がない余りに憎さ百倍して、という訳で我々はただ、よく解ると頷くばかりである。

梶原はこれを真二つにして、刀身を眺めて一言、見事と言うのはもっと後のことで、石切り梶原をやっている十五代目ともあろうものが、酒の気が切れて、飲みたい一心で酒がないのを恨んでいる哀れな人間に情の一刀をくれた際にそんなことを言うだろうか。この可哀そうな飲み助を切ってその下のもう一人を切らずにいるのは（それとも、これは逆だっただろうか。兎に角、二つに重ねて一人しか切らないのである）、平家方の役人どもに名刀の切れ味を隠す為で、役人どもがいなくなってから、何とかいう娘がいる前でその辺にあった石の御手洗を真二つにし、そこで十五代目は一言、見事と言う。酒は飲みたいし、あの声は忘れられない。それで、とその先を幾ら考えても、どういう積りでこんな話をここで取り上げたのかはっきりしないが、あの飲み助の悪ものが酒はいけませんと、喉からお猪口が出そうな声で言うことだけは確かである。あの場面からあすこだけ抜いて禁酒同盟の連中は未成年に見せたらいいだろう。検察庁が「チャタレー夫人」は猥褻だと断じた時の手口である。

又、出直さなければならない。幸、二日酔いというものがある。そもそも、我々日本人には罪の意識がなくて（これは事実である）、それはお恥しいことであることになっている。そのことにあの何とかいうアメリカの女の学者はいみじくも着目して、日本人というのは無闇やたらに恥しがってばかりいる民族だと喝破した。併しもし逆に、我々に罪の意識がないことに即して我々こそ東洋のギリシャ民族なのだと自負したら、今度は日本人の島国根性は救えないということになるに違いない。全く救えない話であるが、ここから二日酔いの問題に入って行けるので、そんなに罪の意識が欲しいならば、ひどい二日酔いで死にたくなっている時にそのことを思い出すといい。

我々にゲヘナの火の実感を体得することは難しくても、ひどい二日酔いの時に我々が経験するあの何とも言えない状態は、要するに、罪の意識を肉体的に翻訳したもので、病める肉体に宿るのが病める精神であるならば、我々はその際、精神的にも罪の意識から程遠くない所にいる。

地上にありとあらゆる罪を犯して、その罪を告白する相手もいないし、告白した所でその罪が許される訳でもなくて、来世の地獄がどんな所だろうと、既に犯した罪の一つ一つを現に犯していた時の妄執がそれからも晴らされずに今に群をなして自分に襲い掛り、という具合な気持でいるのが二日酔いというものであって、これを、恐らく相当な飲み助だったに違いないある西洋の哲人はこういう風に言い表している。

……この頭には凡て「末世《すえのよ》に遇《あ》える」重みが掛り、その瞼《まぶた》は聊《いささ》か疲れている。そしてこの美しさは肉体の内部から異様な思想や、妖しい幻想や、洗練された情熱が細胞を一つ一つ重ねるようにして堆積された結果であり、この女をギリシャの女神や古代の美人達の傍に立たせたならば、その女神や美人達は魂がその疾患の凡てとともに移って来ているこういう美しさに、何という不安を感じることだろうか。そこには、世界の凡ての思想や経験が事物の外形を整えて、これに意味を与える力がある限り、それを造型し、彫琢しているのが認められて、ギリシャの動物崇拝も、ローマの淫慾も、霊的な野心や精神的な恋愛を伴った中世紀の神秘主義も、又、異教への復帰も、ボルジャ家の人々の罪悪も、凡てその跡を残している。この女は自分が腰掛けている岩よりも古くて、吸血鬼と同じく幾度か死に、冥土の秘密を授けられ、深海で海士《あま》をした経験があって、海の底の明りがまだその周囲に漂い、小アジアの商人達と奇異な織物の取引をし、レダとしてはトロヤのヘレナの母となり、聖徒アンナとなってマリヤを生み、それにも拘らず、そういうことはこの女にとって、単に笛や竪琴の音のようなものに過ぎなかったのであり、その常に変化する表情を形成する線や、瞼や手の微妙な色の原因になっただけなのである。……

モナ・リザに就てのこの有名な説明が実は二日酔いの描写だったという指摘を、拙文以外にはまだどこでも見たことがないが、ここに出て来る「この女」だとか、「こういう美しさ」だとかいうのを皆、二日酔いに悩まされている自分のことだと思えば、何とこの文章の一言一句がそういう状態にある自分にぴったりと当て嵌ることだろうか。この頭には凡て何とかの重みが掛り、は全くその通りであって、その瞼は聊か疲れているに至っては、二日酔いの辛さも忘れて立ち上って手が叩きたくなる位である。魂がその疾患の凡てとともに移って来ているこういう自分、……ギリシャの動物崇拝も、ローマの淫慾も、何とかのかんとかも凡てその跡を残し、……吸血鬼とともに幾度か死に、……深海で苦しくて息が止りそうになった経験があって、……と読んで行くうちに、そういう躍動する即物主義に比べれば、自然主義なんてちゃちなものだと思う他なくなって、それでもまだ頭は重いし、瞼は聊か疲れているのだから、やり切れない。

併し気が付いて見ると、二日酔いで罪の意識を持つことになるのだから、もしそれを持たないのがお恥しいことならば、二日酔いはいいものであることになり、従って又、飲むのもいいことになって、又してもこれを書き始めた時の趣旨に添わなくなる。それに、二日酔いをいやがって飲まずにいることはないので、漢の武帝はそこを実にさらりと、歓楽極リテ哀情多シということで片付けている。あれだけ楽んだのだから、頭が少し痛い位のことは当り前ではないか。罪の意識もないもので、では又話がとんちんかんになる。面倒臭いから飲んじまったらどうだろう。

*

酒の精

ボードレールの詩に大体の所は酒に乗って妖精がいるような遠くへ旅立とうと言った意味の句がある。これをその通りに受け取って酒を馬も同然の生きものと見るのは必ずしも間違っていると思えなくて酒は米でも葡萄でもの液に麴《こうじ》が働き掛けて出来るものであり、その麴も生きて働くものならば米その他の液も既に植物でないから生きていないと決められるものかどうかは解釈の仕方による。それで酒を生きているものに生きているものが働き掛けた結果と考える時にその酒だけは死んでいるとか殺されたものとかいう答えを出すのがそう簡単なことでなくなる。これは生きているということの意味次第のことかも知れない。そして生きているというのは例えば酒が我々に及ぼす働きであってそれがそういうことでないならば我々は酒に用がないのである。

それを求めて我々は酒に親むので木や石はこれも自然の形を取って生きているのでなければ我々にこういう働きを及ぼさない。

もっと具体的に言って酒を生きものとして扱ってこれと付き合うということをすることで始めて実際に酒を飲むことになるのに対して酒の性質を凡てこれを化学的に分析した結果に帰してその成分で酒に酔うとか或る酒の色は赤いとかいうことが起ると考えているものには酒が復讐し、それで飲んでいて天井と床の区別が付かなくなっているうちに次には自分が床に倒れているのを発見するというのはまだいい方で悪くすれば病院行きの途中で多少の正気を取り戻すという事態に立ち至る。それで酒を飲んだことがないものは酒に酔うというのが一種の化学作用だと思っている。又これに対して酒を知っているものにとってこれは生きものである他ない。そして生きているということの次にはそれに精神があるかどうかということがどうしても頭に浮んで生命と精神が全く同一のものでなくても酒には精神がある。やはりボードレールだったか誰か他の詩人だったかの句に酒が罎の中で笑っているというのもあった筈である。

その程度によく酒のことを知っている男がフランスの南部に住んでいた。どこかローアル河の流域とボルドー産の葡萄酒が出来る地方の中間と思えばいいのでそれ以上に詳しく地理のことを考える必要はない。本当に酒に親むのに何かと邪魔が入るのはなるべく避けるべきでその中に金の苦労も入っているから酒のことを知っているこの男にそれもなかった。そうでなければ臥薪嘗胆して酒の味を知らなければならなくて知った後ではその臥薪嘗胆だけ余計になるのである。この男が住んでいる辺りには葡萄園を持っていたりする裕福な地主が多いからこの男もその一人だったとして置くのはどうだろうか。併しこれも葡萄園を持っていたかどうかは解らなくて男の興味は葡萄を栽培して葡萄酒を作ることよりも酒そのものにあった。これは或は邪道だったかも知れない。もし本当に酒が好きならばその醸造にも関心がある筈だというのがこの邪道説の根拠になるものであるがそれならば本が好きな本の蒐集家が印刷とか造本とかにまで、或は最悪の場合はそれを書くことにまで自分から手を下すだろうか。寧ろそれは本に親むことの邪魔になるとも見られる。

男は酒を飲むことが好きで又そうだったから酒を集めた。その住居はこれもその地方に幾らもある曽ての城郭を屋敷に改築したものでその広さだけ地下室が拡っているのが酒倉だった。デュマの小説の一つにシコというアンリ三世付きの道化役者がそういう酒倉に敵の間諜と閉じ籠って相手を飲み潰すのがあるが男は酒倉では飲まなかった。その代りにそこまで降りて行って酒の棚と酒の棚の間を歩いていると足音が地下室の天井に響くだけでなくて簡単には名状し難い声がその響に混じって聞えた。それはそこに眠っている酒の寝息にしては男の所の酒は鼾《いびき》をかいたりしなかったから高過ぎて男に話し掛けて来るのにしては男に向ってという意識が欠けていて寧ろ酒同士で男にはお構いなしに雑談している具合だった。又そうに違いないと思われたのは男がこれを飲もうという気を起して一本棚から取るとその時だけ声が止んだからである。そこから歩き去ると又その声が足音の響と一緒になって聞えた。

その男の酒倉には凡そ色々な種類の酒があってそのうちの幾つかで栓を一度抜いてからも変質しない強力なのはいつも一本か二本ずつ自分の部屋や食堂に置いてあった。例えばコニャックでそれも一般に知られた名前のものでどこででも手に入れられるのよりも男の所にあるのは多くはただ白い紙を壜に貼って手でただ cognac vierge とか vieille réserve とか書いた後にその年が記してあるだけのものだった。その中身を酒注ぎに移さないで壜のまま置いていたのはそれが酒倉にある時からのもので男がその壜にも親みを覚えていたからである。それを切り子ガラスの酒注ぎに換えたりすれば中身までがコニャックなのか何なのか解らなくなる。そういうコニャックを壜で見れば淡い黄色をしていた。それを脇に置いて飲んでいると強烈というような印象は初めから全くなくて寧ろ水に近い穏かなものであるそのどこかに不思議に乾し葡萄の匂いが潜んでいるのがそれが伝わる毎に旧友が又来ましたよと言っている感じだった。

こういうものならばひどく酔うということがない。その代りに頭が冴えて来るというのか普通にこの言い方をする時とは違った具合に眼にものが明確に見えて来てそれ故にそれは或る澄んだ光に満ちた霞を通してであり、それが酒に親む為に自分の廻り以外は暗くした大きな部屋ならばその闇にものが犇《ひしめ》いているのが解る。誰がものの怪《け》というようなことを考えたのだろうか。それが闇ならば普通に闇が隠すと見られていること以上に多くのものが闇に隠されていることは明かでそれが闇が光に変るのと同時に消え去ってもそれがそこになかったということにならない。併しどこか乾し葡萄の匂いがする酒の酔いが丁度いい位に頭を熱しているというのか冷やしているかすれば光が差している所で見えるものもいつもと変らないと必ずしも言えない形を取って頭は、或は精神はそのことに間違いがないことを知っている。その時にものの怪が現れる必要があるだろうか。そうして酒を飲んでいるものが既にそれならばものの怪なのである。

男は体の中の酒とまだ罎の中で淡い黄色を湛えている酒の違いが自分の体の中に入ることで一層その酒と親しくなることにしかないと思っていた。そして体の中のが罎の中のと対話を始めてそれはその二つが一つになって自分に話し掛けて来ることだった。それで一つ解ったのであるよりも気が付いたのは現に飲んでいるその酒が出来上るまでのことも含めてその種類の酒、又延《ひい》てはその根源にある葡萄酒というもののそれまでの月日が眼の前にある酒にも流れていることだった。その酒が出来るシャンパーニュ地方の酒は男のその住居がまだ城郭だった時からあった。又そういうことがあるだけでなくて男の所の酒倉にある酒もやはりそこに住んでいてその仲間の社会を作り、その一本の栓を男が抜くことがその集団と付き合うことでもあった。そこの下の酒倉での談笑がその一本からでも聞えて来るのである。又その一本が直接にそれを伝えた。どこで男が飲んでいてもそれはただ一本の酒を飲んでいるだけのことでなかった。

或る晩のこと男がそうして飲んでいるうちに酒を一々罎から注いで飲む手間が省けていることに気が付いた。もう注ぐ頃だと思っているとグラスが又満されてその分だけ罎の方の酒が自然に減ったからこれは何かに化かされて酒ではないものを飲まされているのではないかと心配することもなかった。ただグラスを口まで持って行く手間は省かれもしなければ又それを望みもしなかったのはこれは酒飲みの心理でその口まで持って行くということが酒を飲む楽みの恐らくは半分をなしている為である。併し壜から注ぐのにはこぼすかも知れないという気兼ねがあってそれをしないで酒と付き合っていられるのは有難かった。又その時になって現在の状態のままでいるのに酒の量が影響しないことが解った。それは体の調子に合せて酒を飲んでいればそうである他ないようなものであるが適量というものがやはりあって殊にコニャックを一本乾すと言ったことをするのは無粋の譏《そし》りを免れない。併し今はそうでなかった。それまで飲んでいた一本が空になったので男がコニャックで続けたいと思うと新たな一本が空になったのと代って男のグラスも満されたのを飲んでいて自分に就て別状を認めなかった。

それからこのそれまでになかった方式による酒倉の酒と男の対話が始った。従って男の脇に現れる酒の色も変ってそれが橄欖《かんらん》の葉を思わせる緑だったり小アジアの夕日に照された海の色の赤だったりした。その対話は長くて男は酒が語って聞かせることに耳を傾けて飽きなかった。それで男が曽て中世紀の酒倉に就て読んだことが本当であることを知ってそれは酒樽に入った酒がそのままで非常に長い年月を経過すると一種の膠《にかわ》のようなものを生じてこれが樽に付着し、その樽の木が朽ちて剝げ落ちてからはその膠に似たものの樽の恰好をした皮の中に酒が保存されてこれ以上に貴重な酒はないというのだった。恐らくその酒も琥珀色、或は暗褐色に変色しているに違いない。併しその酒がその晩現れなかったのはその膠状の皮も遂に溶け去るか何かして既にどこにもその酒の一滴も残っていない為かと男は考えたがどの酒もそのことに就ては別に言わなかったから男はただそう推量する他なかった。

キリストの涙とかユダの血とかいう酒のことも聞いてこれは男の脇に現れた。併しこれは単に住民がその地方の白葡萄酒や赤葡萄酒に聖書に因んで付けた名前でそれまでその晩繰り返して飲んで来たメドック、サン・テミリオン、グラーヴ、シャンパーニュ、ブルゴーニュその他の酒と比べものにならないように思われた。英国のエドワード三世はまだ英国領だったそのメドックやサン・テミリオンから来る酒が海賊に奪われるのを防ぐ為に特別に艦隊を建造した。又当時は殆ど独立王国の観を呈していたブルゴーニュの酒はブルゴーニュ公の宮廷の花だった。それをその酒を飲みながら、又飲むことでその酒から聞くのであるから男の興味は尽きなくてそのブルゴーニュ公の宮廷での豪奢なのか煩雑なのか解らない儀式やエドワード三世がカレーの町が簡単に落ちないのを怒って遂に降服した町の長老の七人を絞首刑に処することを宣言したのをフィリッパ女王の命乞いで思い止る所を想像したりした。それが適宜の酔いが手伝ってのことであれば想像するのはその場面をそこに呼び戻すことだった。それ故に野蛮とも言える多彩な服装が眼を奪い、その服装をした男女が乾杯する毎に儀仗兵《ぎじょうへい》の喇叭《らっぱ》が鳴り響いた。

併し男は酒の歴史にどれだけのことがあってその歴史が自分が飲んでいる酒であってもそれを飲んでいる今の時間が一番いいことを知っていた。或はそう言っては正確を欠くことになってその今の時間が歴史にあったことでもあり、そうして思うままに好みの酒がグラスに、それも酒の種類が変る毎にグラスも別なのと取り換えられて注がれるのを飲んでいると今もエドワード三世もないことがその酔い心地に即して感じられた。又それは結局は今の時間というものと酒が相手であるということで男は酒が優しいものであることを改めて知った。それが荒れた酒だったりするのは酒でなくて飲んでいる方が荒れているのである。そして酒の方は日向の野原で小川の水がきらきらするのを眺めているようなものので更にその時になって男は酒が静かなものであるのを感じた。それが静かで優しいものならばこれは女ということになるのだろうか。併し女をそのことから聯想するのが男には不思議で何故そういうことになるのか考えているうちにそれが寧ろその逆のことと関係があることに気が付いた。もし優しくて静かであればそれは無制限の力が取る形でもあって力を制するものがなければ荒れ狂うこともある。又力が充足して力を制してそれは優しくもあれば静かでもあった。

男は今ならばどういうことでも出来る気がした。そこの酒倉に林立し、或は横倒しになって並ぶ酒から欲しいものを自分の脇に現れさせてグラスを満させるのは酒の力なのか自分のなのか。そのどちらでも同じである状態に男は達していた。その他のことはしたいと思わないからしないでいたとも言える。又その間も酒は旨かった。それに少しばかり味と匂いが違う色々な水を飲んでいるようで違ってもその果てに水であることに帰し、その何れも水であるから酒でもあった。例えば山を動かすということが具体的に出来た所でその山が月光を浴びて昼間とは別な恰好をしているのをよしと見るならばそれを動かすのは二の次のことになる。その時の男は何をするということよりもそうして見る方に廻っていた。或はそれは見ることであるよりも見るものの形の中に潜むことで部屋の壁を眺めているのはそれを眺めているのでなくてその壁が距てている外を壁とともに距ててその外に拡ることだった。

それはその部屋に充満することでもあって炉の煉瓦に眼が行ってその煉瓦に沈むまでにそれが自分のものならばそこまでの空間がなくなるのでなくてそこにも自分がいた。その時にその部屋を屋敷ごとどけてその上の空を眺める必要があるだろうか。そこの部屋に充満するものは屋敷に浸透して屋根に達し、これを見降す空に拡ってどこまで星に近づいて行けるかはその星の夜気とともにある感情が考えなくてもよくした。これが凡て男の酒倉に並ぶ酒が男に力を与えてのことだったのを忘れてはならない。その味や匂いを男は何よりも明確に意識していてそれが余りにそうだったから男はただ或る種の水を飲んでその部屋にいるだけだった。併し夜空が朝になるのを留めて鶯《うぐいす》がその晩も柘榴《ざくろ》の木に来て鳴くのを聞こうと思えば聞けるのだというのは不思議な気持がするものである。そしてどういうことでも出来る時には自分がしたいことしかしないもので自分が今一番したいのがそこにそうしていることなのだという考えが男の頭にあった。併し力があればそれが験《ため》して見たくもなる。或は力が余って自然にそれが働き出すこともある。

男は屋敷から体を移して夜を昼に変えた。それを望んだのか自然にそうなったのかは別としてそれは男がいつも前にどこかで見た積りで思い出し、そこまで行くには手掛りがなさ過ぎる眠そうな日溜りの村で鶏が時々鳴くのが聞えた。併しその間も飲んでいることが男の意識を離れず、それを満していて手には何も持っていなかったのであるから既に酒の入れものもそこから注ぐ器も必要でない状態にあったことになる。どこかに川が流れていなければならないと男は思った。それは苔が生《む》した石の小さな橋が掛っている川で家鴨が泳ぎ、その橋の脇に木と漆喰と煉瓦の宿屋があるのも男が思った通りだった。併し男はその宿屋には入らないでその前に立って見廻すことでその村を感じた。それは前にいつ来たとも解らない場所だったが古くから馴染みのものであるのは男の五官に即して紛れもないことでそれ故にそれは前から夢想していたというのとも違っていた。それが余りにも馴染みのものなので懐しいという感じも起きなくてただそこに又自分が来ていると男は思った。或は故郷というものに色々な種類があるのかも知れない。

　その実感、或は記憶に従って男は村の道を歩いて行ってその敷き石の色や恰好にも確かに見覚えがあった。既に男にあるものは酒の酔いでなくて、或はその酔いが別なものに変ってそれはその一日がいつまでも夕方に向って続いているというその瞬間から瞬間への意識だった。それは永遠の感情に似たものであっても時間が止ったのでななくてその流れが寧ろ身近にあり、その為にそれが気になるのであるよりもそれ故にそれに自分を委ねていられた。そのように時間の流れに乗っていること程言わば息が長くなることはない。それはどういうことでも出来てその力を感じるのよりも遥かに自分というものを満すもので幸福であることさえもそれには及ばなかった。ただそこにいるのである。その道に木の影が差しているのもその道の一部で道は更にその日の一部をなしていて道と同様にその日もどこかに果てしなく続いていた。又男はそれがその村の道を自分が歩いているだけのことであるのを知っていた。

それならばやはり酔いが男にあったと考えなければならない。一体に酒の酔いには現在のことに人の注意を惹き付ける力があってそこを中心にその周囲に注意が及ぶ限りが実際にはその注意が作り出していることなのであっても酔っているものの世界をなしているのはこれは或は素面の人間の場合と大差がないことかも知れない。併しそこに酒の酔いがあれば酒の精とも呼ぶべきものがものを言って注意が及ぶ限りのものが生気を帯び、それで道に差している木の影もただ木の影である他ないものの形を取る。それを掬い上げようと言った狂気とそれは縁がないことなのである。そこに日が出ているから木が影を落して日は正午から午後を過ぎて夕方に向って行く。それがそれ以外のことであるのを望むのは眼が曇っているので酒の酔いの働きは眼を曇らせることの反対に眼に映るものにそのもとの形を取り戻させる。その前にその形をいつ見たことがあるのか。併しそのようなことは問題でなくて現に酔いに冴えた眼にそれが映っている。

男は夜を昼に変えたのだったのだろうか。その順序からすればそれは普通のことでそれ以上に詳しく何が起ったのかは太陽にでも、或は酒に聞く他ない。兎に角男はその村の道をいつまでも歩いていたのでなくて今は町にいた。それは都会と呼ぶことが出来る大きさのものでその町も男に言わば馴染みがあって見知らないものだった。その場所の名前さえも頭に浮んで来なければ見知らないということになる他なくてそれでもその町角一つがここはどこだろうという考えを起させなければ見知らないということだけではすまない。そこを通る荷馬車の音までが男には親しいものに聞えた。その道端の壁に何故か白い琺瑯《ほうろう》の板を打ち付けて DEFENSE DE FUMER と紺の文字で書いてあるのも男にとってはそれがそこになければならないものだった。これは前に親んだことがある眺めが持つ性格である。今度は男はそこの道を歩いていて店というのが中に入って何か買うのを待っているものであるのを感じていた。

そのどの位前にその町にいて買いものをしたのだろうか。一つ明かなことはそれが余り前だったのでそれ程前でない持続のうちに生じる系累、精神上の負担が全くないことで始めてでない場所が少しも煩しくなかった。誰もこれはどういう人かと男の顔を見ているのを感じさせなくてそれでいてお礼を言うことも詫びることも頭に浮ばずただ煙草を買ったり本棚の本を一冊取って貰ったりすればそれですんだ。こうして我々は記憶のうちに過去の人間と交る。又それは夢の中での出来事のようでもあった。ただ違っているのは男の眼の前で起っていること、又男がしていることがこの上もなく鮮明にその意識に映ることでその鮮明が同時に親みでもあり、その為に男は今自分はここにいるのだと頭の中で繰り返してそのことを噛み締めていた。或はその清冽のようでいて温かな感覚を男の周囲が絶えず男に更新させていた。それは秋の日の冷たいまでに豊かな光に似ていた。

それ故にその限りでその町は美しかった。そのどの点がというのならば男がそこの道を歩いていてそれがその通りの道である他ないと感じるのと同じ具合にで道を歩いて行くと出た広場に面している明かに十九世紀中に建った寺院はそこにその場所を占めてその周囲を満す空気に馴染んでいてその町がその町ならばその寺院はその町の寺院だった。これも男が前に何度も見たものなのだろうか。その様式は十九世紀ということで解ってもそれにも増してそれはそこに建っている寺院であってそこにあるから凡てキリスト教の寺院というのがそういうものだった。そこに日曜になればキリスト教徒が集って鐘が鳴るに違いない。併し男にとってはそれがそこにあればよくてそれはその広場の並木が楡《にれ》であるのと同じことだった。その眺めが男には必要だったというのか兎に角その心を満した。そこの腰掛けに腰を降してもいいのに男が歩き続けたのはどこに眼を向けても心が満されるのをどこからも試みたかったからである。

或はこれは必ずしも正確ではないかも知れない。どこか或る場所に自分が確かにいるというのはその意識にそこの刻々の状況が映ることでその快感は手が舞って足がどこを踏んでいるのか解らないことになるのであるよりはもっと自然に体をゆっくり動かすことを望むという結果を生じる。その向うの町角に石の建物が突き出ていてそれとこっち側の石の建物に挟まれてそこから曲る別な道の入り口が見えるのはその午後の光でも曇った空の下に雨に打たれている静寂に包まれた眺めだった。そこの道に角を曲って入って行けば店が並んでいてその家並にも町の暮しがあるに違いなかった。

その喜怒哀楽と言ったことよりもそれに堪えもすればそれを支えもして来た建物の並びが人間の喜怒哀楽の底にもあるものを示していると思われた。要するに建物はそこにあって人を迎え、それを迎えることを人に許した。これには年月がたっていなければならないのであってもその町では年月がたっていた。

男の頭に坂という考えが浮んだ。そういう町の坂は両側に建物が並んで道沿いに植えた木と二つの列になって道を挟んでいるのが下から見ると上に行く程小さくなり、その方に招いている感じがする。これは平地ならば前の建物に隠れるものが坂の上まで見渡せるからでもあるが余り長くない坂のこうした傾斜した眺めはその建物や木の一つ一つがその形を他の形に譲らずにそこにあるという趣を呈する。それは再び人間の暮しの問題に違いなくてそこに人が住み、商いをし、又木の蔭に立つことに考えを誘ってそれが多岐に亘ることを制してそこにその木や建物がある。それが午後の日を浴びて坂の上まで続いている有様は壮麗であるよりも温かそうでその印象が間違っていないことを裏打ちするように何れは日が暮れて行く予感がその先にあった。そうすればそこが夜景になる。併し日の光というのは温かなものでそれが差している間は影も温かに地面を彩る。

その町は丘に囲まれた地形だったから男はそういう坂の一つを見付けるのに苦労しなかった。それを町が登っていてそれに添って行く男の眼の前に続くものは初めにその頭に浮んだ坂だった。そこの道は余り広くなくて向う側の時計屋で幾つもの時計の振り子が動いているのが見えるのがその通りに時がそれ以上でも以下でもない早さでたって行くのを感じさせた。男は前にいた村で鶏が鳴くのが聞えていたのを思い出した。余りの静寂に、或は余りにその静寂に愛着を覚えて何かが頭の上で響き渡っているようでこれはその印象からの形容であって更に具体的にはその響が町に被さって拡る空であってもよかった。もし空だけならばただの隙間なのが町の上に拡ることでそれが人間の色を帯びた。それが響いているのでなくても騒音を塞いでそれが響になって町を満した。そこから振り返ると下に今度は町が坂の下から見上げた坂の町並の眺めになってどの建物も小さく向うの丘まで横たわっていた。

そこから生じる充実に即して男は坂を登り詰めたのかどこか丘の上にいた。兎に角そこに辿り着いた感じでそうするとそれまではどこかに着く積りで歩いていた形になるのがそこに来るまでの気持に反するものだったが来て見ればそこにいた。それがそれまでいたのと同じ町ならばこれは途方もなく大きな都会で丘の前面に拡るのが海だったからそれは港でもあった。その海までやはり建物が段々に小さくなって丘の斜面を埋めて麓の平地には造船所の起重機が並び、その線で埠頭が幾つも海に突き出ているのが運河の入り口にも見えた。それが一日の終りであることは光の差し方で解った。そこに碇泊している幾隻かの船にはそこに錨を降していることが確かに何かの終りなのに違いなくて夕日はその船も彩っていた。それが終りなのか出立の前なのか船にはそれがどっちであっても息を入れる時で町の並木と同様に船もそこに船体を横たえて動きそうにもなかった。

男がいるのは公園よりも住むものがいなくなって門も壊れたどこかの庭らしくて夕日は庭木にも男が腰を降している腰掛けにも差して港全体をその色に染めていた。こういう時に人間の考えは人間の営みというようなことには行かない。それはその一日のうちに一応はすんだ筈で出来、不出来と言ったことを離れて、或は今はそれを離れることになっている。又それは休息でもなくて曽てあったことが何れもそこにあり、ただその雑な形状が洗い落されてそれが雑だった間も続けられていた息遣いだけが今の息遣いのうちに名残りを留めている。併しそれが一生の終りでもそうなのかも知れない。それが回顧であるには記憶を遡る代りに曽てあって記憶にあるものがそこに並んでいて男は夕日に照された港に見入った。そのように建物も船も造船所の起重機もそこにあってその何れもが港の眺めであって海でもあり、それがそうしてそこにあるように一生の終り、又一日の終りにはそれまでにあったことが輪郭も明確にそれぞれの位置を占める。

それは終りでなくて出立だった。どこかそれまでは未知の所に向けてそれまで親んだ所を離れる時には既に眼が諳《そら》んじているものも清新に見えて既にその未知の行く先に来ている感じさえする。併し終着と出立とどう違うのだろうか。どこかに向けて出て行くのとそこに着いて今そこにいると感じるのは不思議に似ていてその時の安息がなければ出立もない。これから自分が去って行く場所というものがないからで出立という言葉の中にその充足して自分の廻りを見廻すことが含まれている。その出立と終着ということが港を眺めている男の頭にあった。それだからそこに来る積りでもなくて村を通り、町を歩いて来てそこに着いて見ればそこに着いているのだとも考えられた。併し船は港で眠っていた。それは夕日を受けてそう見えるだけとも限らなくて船がそれまでの長い航海もこれからの航海も頭になくてただ眠っているという状況がそこにあった。要するにこれは港が夕日を浴びて自分の前にあるということなのだと男は思った。

併し酒の気がもう切れていた訳ではない。もし切れていたのならば男がそこにいる筈もなくて夕日も何れは消えると思うことで男は自分の屋敷の部屋に戻っていた。まだ夜でグラスが自然に満されるのもそれまで通りだったが前と違って男はそれまでに村と町と港を見て来ていた。それも昼間と夕方の光が差していてのことで男が夕日を浴びた港のような酒はないものかと思うともうその葡萄酒の色をした酒の壜が男の脇に現れて別なグラスが男の手にあってそれがその酒で満された。男は大概のその色をした葡萄酒を知っていてそれを部屋の明りに翳して見ても港に差す夕日の色にならなかった。併しそれを飲むと男がそれまで口にしたことがない酒であることは明かでその酔いが廻って男は再び港を眼の前に眺めていた。そこに差す夕日はやはり人間の営みを照し、一つの終りでもあって繰り返しを照していながらそれも要約して壮麗だった。これが地上の栄光というものなのだろうか。それならばその栄光は何れは終ることに掛っていてそれ故に讃えるに価した。

男は港を見て来ただけではなかった。今飲んでいる酒にはそれまでの酒になかった力があるようで男は又昼間の光を浴びた村の道を歩いていた。その村に懐しいものを感じたのは今も変りがなくて男はそれと町にいて考えたことを思い合せてもしただ見るということをしているならばどこにでも懐しさがあるのではないかと疑った。そこに人間の間の葛藤が入って来たりして川はただ渡ればいいものになる。そのような気持で男は生きている積りでなかった。併し川に橋が掛っているのをその通りに受け取ったのは何年振りのことか解らなくて前にそこに来たことがあると思ったのもまだ余計なことで頭を煩さないでいた頃に別な場所にいての記憶とも考えられた。その村の道は消えてそれでも男はその道を鮮明に思い出すことが出来た。その一瞬間前までそこにいたのだからこれは当然だったかも知れない。併しそのことも含めてその何年、何十年も前の状態に男を戻したのはやはり酒の力なのだろうか。それ以外に説明の仕方がなさそうだった。

男はただその葡萄酒の色をした酒を飲むことに戻った。併し今は酒が呼び覚した注意力か神通力か、それにどういう名前を付けても男の体に漲るもの、或は寧ろそこに静かに流れるものが男がいる場所をその部屋よりも拡げてその意識が男を連れて行く先から眼を逸らさずにいるとそれは男に曽てあったことの総浚《そうざら》えであるようだった。そうでなくてそれまで男の記憶に戻って来なかったことに出会ってそれを前にもあったことと思う訳がなかった。それともこれも男が或る状態にあったことがあってそれと同一の状態に置かれることでその出来事の方も前にあったものという気がするのだろうか。兎に角男はセーヌ河添いの百貨店で玩具を買って貰っていたりテュイルリー公園の入り口に立っているコアズヴォックスの馬の像を見上げていたりした。確かに男は子供の頃をパリで過したのだったからこれはそれまでになかったこととは言えなくて男はその説明で満足した。又それ以上に羽を生やして棒立ちになっている馬の像を見事なものに思い、その百貨店に積まれた商品の山に富を感じた。

パリの町、或は男がその夜の一部を過したことになるパリの町は古い石の建物が道の両側にどこまでも続いて街灯がその建物の壁と街灯に近いアカシアの並木を照している所だった。その建物のどれかに男は向って行くのかただその町の部分を通って行っているのか解らなかったが夜気に街灯の明りの対象が気持よくて鋪道に響く自分の足音にも酒の酔いを手伝うものがあった。そしてそのうちに見覚えがある番号が入り口の上に打ってある建物の前まで来てその為なのか初めからそこを目指していたのかその入り口からの階段を登り始めた。そこにいた筈の門番の所をどう通ったのかは解らない。その階段の何階目かに来た時に男は廊下に出てそれが薄暗い電灯に照されているのにも魅せられた。それがそういうパリの共同住宅だろうと宮殿の何階目かだろうと大きな建物の上の方にある廊下は夜はそんな風に照されている。それは自分の部屋に戻る時もそうであり、これから誰かの部屋に行くという時でも廊下が急に明るくなることはない。

男が入って行った部屋は思った通り天井が高くて窓が大きいことはそれを閉している濃い緑の緞子《どんす》の幅で解った。これも前に来たことがある場所なのだっただろうか。男はその積りでいた。尤も我々は年月に磨かれた家具というような言葉を読んでもそれが見馴れたものである気がする。そこの家具もそうだった。ただ年月でなくて人間の手でもよく磨き込んだものでその重々しさが寛ぎでもあり、そこの炉に燃えている火の傍に男が椅子の一つを近づけて腰掛けると脇の卓子にそれまで飲んでいたグラスがあって葡萄酒の色をした酒で満されていた。それを男は火に翳してこれが夕日の色だと思った。実際にそれが港で見た夕日の色だったかどうか。それを男がそう思ったのはその色に魅せられたのでそのグラスを口に持って行くことで又夕日の色が男の体を廻った。それには火の温かさも手伝っていた。本当ならばそれで眠くなっていい所なのが男は頭が冴え切っているのを感じた。

併し今度は炉の向うに相手がいた。その女だけは男は前に会った覚えがなくて自分が知っている部屋に知らない女がいるのだからそれがその部屋に自分を訪ねて来たのだろうという想定をして直ぐにその気になった。それを難しくしない夜の影が形を取ったような女で本当に美しい女にはどこか滑稽な所があるか或はそれを思わせるものがなければならないのだという考えが男の頭に浮ぶと女が突然に喉の奥まで見せる感じで笑い崩れて男はその笑い方が作りものでないことを認めた。又それは二人がそれまで炉の傍で話に時を過していたことでもあって男は相手が夜の影を濃くしたような女である時話が途切れても気まずい隙間が生じないことを改めて感じた。いつでも相手に近寄れるという手が残っている為だろうか。それを使う前に再び話が始って時がたち、それが相手の女が意識を領するという形でたって行って何かそれ以上のものがそこに動かない限りそうして女といるのが続く。

夜が更けて行くのを男は感じていた。それは朝に向って白む前に夜が次第にその影を濃くして行くことでそれが女より濃くなった時にその笑い声にも拘らず女がその中に消えた。それは夕日が夜に変るようなもので男が別にそれを惜まなかったのは一つには女が笑うのがまだ耳に残っていたからだった。又女といる部屋が初めから男の屋敷の部屋と余り違っていなかったのが今はその屋敷の部屋になっていることに男は気が付いた。そこも天井が高くて家具は年月に磨かれて重々しくて寛げるものだった。その部屋の窓を外の闇に対して閉している濃い緑の緞子はその部屋から実は一歩も出なかったのではないかと男に疑わせて始めて眠気が忍び寄るのが感じられた。それからどの位たってか翌朝になって屋敷の召使の一人が部屋の掃除に来て男が椅子に腰掛けたまま死んでいるのを見付けたのは酒の力も人間の寿命には勝てないからだった。

巻末エッセイ

吉田の健坊と飲み食い話

野々上慶一

吉田健一氏は常に礼儀正しく、言葉遣いも叮嚀で、酒席で酒がまわってからでも、それは変らず、私のことをさんづけでよび、終始一貫敬語調で話した。柄の悪い私は二つ三つ年上とはいえ、オイ、健坊、などとよび捨て、しらふの時でも、健ちゃんぐらいですませていた。吉田健一は知り合いの間では、普通「吉田の健坊」で通っていた。私はここでも、つい健坊とよぶかもしれない。寛大な彼は、その無礼を笑って許してくれることと思う。

健一氏と最後に会ったのは去年〔一九七七年〕のいつだったか思い出そうとするのだが、齢《とし》のせいか近年記憶力がにぶったのか、どうもはっきりしないのであるが、柿生の河上さん宅か「辻留」の会だったかどっちかであるが、いずれにせよ会えば酒で、飲めば酔うことになるので、そのせいもあろうがやはり思い出せないのは、申し訳ないような気がする。ただ「お雛様を持って孫の顔を見に行く――」と言っていたのを妙におぼえている。その夏、お子さんやお孫さんのいるヨーロッパに奥さんと一緒に、おそらくいそいそとして出掛け、知ってのように、帰国してから急逝したのである。

吉田の健坊とつき合ったのは勘定してみると四十数年間であるが、はじめて知り合ったのは何時何処であったか、これがまたまったく記憶にないから、われながらふしぎである。昭和十年頃であることはたしかで、その頃私は「文學界」に関係していたが、彼に仕事のことで会ったおぼえがないから、「はせ川」「吉野屋」「小竹」「老松」「エスパニョール」、いずれどこか酒の座で、はじめて顔を合せたのであろう。その時は河上徹太郎氏もきっと一緒だった筈である。その頃彼は、いつも河上さんにくっついて歩いていたから。とにかくいつか知らぬ間に親しくなり、一緒に酒を飲み、芸者遊びをし、ヘタなゴルフまでやる仲となった。河上さんが会長格で、「ガラクタ会」というゴルフの同好会が生れたのがその頃で、みな仲良く打ったり、飲んだりして遊んだのを、なつかしく思い出す。

この会の主力メンバーは河上さん、その義妹純子さん、吉田健一、伊集院清三、渋沢信雄、式場倭文夫、式場俊三、松本賢一、山口文之助、中村光夫、古田晁といった面々、そして私。後に小林秀雄さんも参加したりして、なかなか多彩な顔触れだった。

健坊は義弟の麻生多賀吉氏からもらったという舶来のクラブセットをえらく立派な革のバッグに詰め込んで現われ、皆を羨やましがらせていたが、腕前の方は言わぬが花といったところで、しかし彼は会のために祖父の牧野伸顕伯に銀製のカップを寄贈させたりして、その方では腕前のいいところをみせて皆をよろこばせた。この会のことは前に河上さんがちょっと書いているが、いまでも仲間内で時折語り草となる。それにしても何人かはあの世に行ってしまったと思うと、やはりなんとも淋しい限りである。

ところで当時みな遊んでばかりいたわけではなく、健一氏は活潑に翻訳仕事を行い、また「批評」に拠る文学活動をはじめたのはこの頃の筈である。

健坊とはグループでいろいろつき合ったが、二人だけで酒を酌み交したという記憶がどうもない。差しで飲むようになったのは、戦後のようである。戦後の一時期、彼の一家は鎌倉に仮寓していて、私も鎌倉なので時々会った。食糧事情がひどく悪い時分だったが、なんとか工面して、酒と名のつくものを手に入れると、二人でチビチビと、不景気な飲み方をしたものである。

そのうち健一氏は、東京の牛込に家を新築した。現在の邸宅はその後建て替えたもので、この時のはブロック建てだった。当時まだあのあたりは家がすくなく、原っぱのなかにこの建物は、ちょっと洒落て見えた。この頃から、話はすこし景気よくなる。この新居に一夕招待され、御馳走になった。客はたしか新潮社の人と私の二人だけ、吉田夫妻と四人の宴だったと記憶する。ロクなものも食べられない当時としては、まぶしくて目がくらむくらい豪華な食卓だった。幾種類もの西洋料理がはなやかに並び、ブドウ酒、ウイスキー、ブランデーの壜がすぐ目にとまった。「料理は小川軒に特別オーダーしてつくらせました。酒はおやじのところからクスねてきたもので……」と肩をすくめ、ニッと笑ってうれしそうだった健坊が、いまでも目にうかぶ。小川軒は新橋駅前にあったうまい洋食屋。当時父君は総理大臣、従って洋酒は首相官邸の酒庫にあった世界一流の銘柄品であった。

私はこの夜のことを、大げさでなく一生忘れることはあるまい。私はこの夜はじめて、かの有名な世界的珍味フォア・グラなるものを口にしたのである。オードブルに出されたペーストのようなモノを口に入れて、思わずウムと唸った。とにかくなんともうまいので、健坊にたずねると、フランスが誇る食味で、異常に肥らせた鵝鳥の肝をブランデーでこねて作ったモノとか。今夕のため小川軒に頼んでわざわざ空輸させたとのこと。感激して改めて賞味し、また小川軒料理にも舌鼓を打ち、すばらしい洋酒の数々を痛飲し、いい気持に酔っぱらったこと勿論である。今日でこそ日本でも本場物をちょっとしたレストランなら味わうことが出来るので、フォア・グラも少々鼻についたなどと生意気なことを言ったりするが、二十数年前の話である。夢のようであった。

このお返しだったかどうか、私は野暮用で秋田に出掛けた折、比内地方の名物放ち飼の飛び切りの比内鶏を手に入れ、秋田の銘酒をさげて帰り、彼をよろこばせたような気がするが、古いことでたしかな記憶はない。

この頃から吉田健一の文名も次第に高まり、私はワケあって家業（鉱山や土木建築や観光）の手伝いを本式にやらねばならぬ身となり、日本中を飛び廻る日々となったが、お互い多事多忙ながら交遊は続いていた。こうして健坊とのことをあれこれ思い起していると、楽しかったことはやはり一緒に飲み食いしたことであろうか。お互いに食通とかグルメとかいった柄ではなく、ただそこにあるうまいものを無邪気に食べ、こくのある本来の酒を求めて大いに飲むことに、まあ熱意のようなものを持っていたようである。彼は食味評論家というヘンな肩書を持っていたが、この方は無論商売と心得てやっていたのであろう。健坊は味覚の批評家なぞという不幸な男ではない。何度か一緒に東西南北股にかけて、とはオーバーだが、飲み食い旅行をしたが、私の仕事の関係や、河上さんの郷里が岩国ということもあって、山陽地方がいちばん多かった。

健坊は幹線をはずれた、寂しい昔の軍港都市呉がお気に入りだったが、海軍サンがいなくなって全体がどことなく間延びした感じに変ったこの町が、ゆったりして呑気で好きだと言っていた。(呉については随筆に書いているし、「千福」の醸造元三宅さん父子とも親しくしていた)

いまは廃業したが「かなめ」という割烹旅館があって、女将はじめみなで、われらをよく世話してくれ、特に食べ物には気を配ってくれたもので、ここも気に入っていたようだ。

健坊は、塩辛や干物で浅酌低唱といった粋がった酒客ではなく、食っても食わなくとも、山海のうまいものを、卓いっぱい溢れんばかりにずらりと並べて悦に入り、からだいっぱい楽しそうに痛飲するといった酒徒だったから、酒席はいつも豪儀ではなやかなおもむきを呈した。山陽地方でわれらが舌鼓を打って飲み食いしたモノを、ひっくるめて並べてみると、ざっとこんな具合。——めばるの煮付、鰆の照焼、白魚のすまし、みる貝の酢味噌、まな鰹の西京漬、きすの酢漬、ぼらの刺身、塩焼、すずきのあらい、酢だこ、酢がに、いいだこ煮物、車えびのつくり、天ぷら、おこぜの生ちり、みそ汁、穴子のかば焼、鯛の浜焼、あら煮、生牡蠣、どて焼、河豚の刺身、ちり鍋、うに、このわた、でびら、ちりめんじゃこ、松茸、蓮根、その他。そして蔵出しの千福、酔心、賀茂鶴その他吟醸の広島酒。およそ瀬戸内のうまい物は片っ端から食べ漁り、飲みまくったおもむきで、いま思えば思い残すこともないほどであるが、こうして書いていると、やはりやたらなつかしく思い出すこともいっぱいある。

岩国の河上家の古い武家屋敷を健坊たちと飲み荒した話、宮島の「一茶苑」のこと、また文藝春秋の講演会で、吉田健一、檀一雄、高見順の三氏が来呉した時の話、(この時は健坊や順さんと三人で、呉から博多まで三人で行って、水だきの「新三浦」はじめ方々飲んで廻った) これは高見順氏が『昭和文学盛衰史』のなかでちょっと触れているが、あれこれと際限がないが、紙数の関係もあり、ここではやめにする。へたに私が話すよりも、健一氏、徹太郎氏、順氏の書いたものを読んでもらう方がいいと思う。

健一氏の飲み食い話は私の愛読するところで、読んでいると、豪華船に乗って美酒を口にしながらゆったりとゆられているようで、何とも気持よくなるのである。それに胃袋を刺戟されるのは、やはり何よりである。しかしもうあの豊饒な文章に接することが無いかと思うと、やはり残念である。ここで私は吉田健一氏の著作について、柄にもなく語る気はない。氏の文学や人となりを語る適任者は、河上徹太郎氏であることは文句ないところで、それは書いたものを読めばよくわかるところである。

河上さんの「吉田健一」と題するエッセイは、文士という士《さむらい》は久し振りに会って見て、オヤと思うほど変っている人がある、そこが文壇づき合いの楽しいところであるが、私の身辺で吉田健一ぐらい、成長の目立った友人はない、といったような文章からはじまって、イギリス帰りの奇妙な立居振舞の文学青年紳士との出会いから、長い交遊の間のさまざまのエピソードを語って躍如、その成長のさまを鮮やかにうかびあがらせている。これが執筆されたのは昭和三十年、この時二人のつき合いは二十数年、当時から昨夏健一氏が死去するまでまた二十年余の歳月が経っているわけで、吉田健一の成長振りはさらに著しいものがあるのは当然で、それはもうまことに見事で、もはや円熟の境に達しつつあったとさえ思って、何のふしぎがあろうか。

このことは飲み食いの面でもいえそうで、芸もなく大食漢で底無しの呑助で、酔えば奇声を発し、英語まじりでクダをまいていた初期の頃から、情熱的でかつ厳正な中年期の食味家を経て、晩年の健坊は、珍味佳肴をにぎにぎしく並べはするが、箸はわずかに動かす程度で、優雅に杯を傾けるといったおもむきで、齢のせいばかりではなく、一種風格ある酒徒になっていたようである。

長いつき合いだったので、わが家には健一氏からもらった本が夥しい数ある。積み重ねたら背丈に達するのではないかと思うほどである。一時期十日おきぐらいに贈られ、その並はずれた馬力に驚嘆したが、健康の方は如何と気遣ったものである。これだけの量を書きまくるのは、只事ではない。とめてとまらぬ天賦の才のなせる業とはいえ、やはりたいへんなことであったろう。

お疲れさん、わが敬愛する健坊よ、もうソチラではしばらく何もしないで、うまいものを食べ、一杯やりながら、ゆっくりおやすみなさい。

［一九七九年一月］

（ののがみ・けいいち）

底本・初出一覧

『舌鼓ところどころ』中公文庫、一九八〇年一月
酒と人生（単行本『舌鼓ところどころ』〔文藝春秋、一九五八年三月刊〕のための書き下ろし）／酒の飲み方に就て（『酒』一九五六年八月号）／飲む話（『洋酒天國』一九五六年四月号）

『私の食物誌』中公文庫、一九七五年一月
酒の味その他（『別冊文藝春秋』一九六八年十二月号）／酒と風土（初出未詳）／飲む場所（『甘辛春秋』一九七〇年三月、六月、九月、十二月号）

『怪奇な話』中公文庫、一九八二年八月
酒の精（『海』一九七六年五月号）

『吉田健一著作集』集英社
〈第二巻〉師走の酒、正月の酒（初出未詳）／酒と議論の明け暮れ（「東京新聞」一九六〇年五月九日夕刊）／〈第四巻〉飲むこと（『熊本日日新聞』一九

五七年四月四日付夕刊）／〈第一一巻〉酒（『あまカラ』一九六〇年一月〜三月号まで三回連載）／日本酒の味（初出未詳）／春の酒（初出未詳）／〈第二六巻〉夏の酒（初出未詳）／〈第二八巻〉酒談義（『あまカラ』一九六二年十二月号〜六三年五月号まで六回連載）／酒と肴（初出未詳・一九六三年四月）／酒、肴、酒（初出未詳・一九六四年二月）／酒、旅その他（『小説新潮』一九六三年三月号）／ロンドンの飲み屋（初出未詳・一九六四年八月）／アメリカの酒場（『ジェットトラベル』一九六四年六月号）／二日酔い（『文藝春秋』一九六二年九月号）／禁酒の勧め（『文藝朝日』一九六五年二月号）

編集付記

一、本書は、著者の酒に関するエッセイを独自に編集し、短篇小説「酒の精」、野々上慶一「吉田の健坊と飲み食いの話」(『さまざまな追想』〔文藝春秋、一九八五年〕所収)を併せて収録したものである。中公文庫オリジナル。

一、中公文庫『舌鼓ところどころ』『私の食物誌』『怪奇な話』および集英社版『吉田健一著作集』を底本とし、旧字旧仮名遣いは新字新仮名遣いに改めた。底本中、明らかな誤植と思われる箇所は訂正し、難読と思われる文字にはルビを付した。

一、本文中に今日からみれば不適切と思われる表現もあるが、作品の時代背景および著者が故人であることを考慮し、底本のままとした。

中公文庫

酒《さけ》談《だん》義《ぎ》

2017年4月25日　初版発行

著　者　吉《よし》田《だ》健《けん》一《いち》

発行者　大橋善光

発行所　中央公論新社
〒100-8152　東京都千代田区大手町1-7-1
電話　販売 03-5299-1730　編集 03-5299-1890
URL http://www.chuko.co.jp/

ＤＴＰ　平面惑星
印　刷　三晃印刷
製　本　小泉製本

Published by CHUOKORON-SHINSHA, INC.
Printed in Japan　ISBN978-4-12-206397-6 C1195

中公文庫既刊より

各書目の下段の数字はISBNコードです。978－4－12が省略してあります。

ち-8-1
教科書名短篇 人間の情景
中央公論新社 編

司馬遼太郎、山本周五郎から遠藤周作、吉村昭まで。人間の生き様を描いた歴史・時代小説を中心に中学教科書から厳選。感涙の12篇。文庫オリジナル。

206246-7

ち-8-2
教科書名短篇 少年時代
中央公論新社 編

ヘッセ、永井龍男から山川方夫、三浦哲郎まで。少年期の苦く切ない記憶、淡い恋情を描いた佳篇を中学教科書から精選。珠玉の12篇。文庫オリジナル。

206247-4

み-9-11
小説読本
三島由紀夫

作家を志す人々のために「小説とは何か」を解き明かし、自ら実践する小説作法を披瀝する、三島由紀夫による小説指南の書。〈解説〉平野啓一郎

206302-0

み-9-12
古典文学読本
三島由紀夫

「日本文学小史」をはじめ、独自の美意識によって古今集や能、葉隠まで古典の魅力を綴った秀抜なエッセイを初集成。文庫オリジナル。〈解説〉富岡幸一郎

206323-5

お-2-12
大岡昇平 歴史小説集成
大岡 昇平

「挙兵」「吉村虎太郎」など長篇『天誅組』に連なる作品群ほか、「高杉晋作」「竜馬殺し」「将門記」など戦争小説としての歴史小説全10編。〈解説〉川村 湊

206352-5

よ-15-9
吉本隆明 江藤淳 全対話
吉本 隆明
江 藤 淳

二大批評家による四半世紀にわたる全対話を収める。『文学と非文学の倫理』に吉本のインタビューを増補し改題した決定版。〈解説対談〉内田樹・高橋源一郎

206367-9

な-29-2
路上のジャズ
中上 健次

一九六〇年代、新宿、ジャズ喫茶。エッセイを中心に詩、短篇小説までを全一冊にしたジャズと青春の日々をめぐる作品集。小野好恵によるインタビュー併録。

206270-2

あ-13-6
食味風々録　阿川弘之
生まれて初めて食べたチーズ、向田邦子との美味談義、海軍時代の食事話など、多彩な料理と交友を綴る、自叙伝的食随筆。〈巻末対談〉阿川佐和子〈解説〉奥本大三郎
206156-9

あ-66-1
舌　天皇の料理番が語る奇食珍味　秋山徳蔵
半世紀以上を天皇の料理番として活躍した著者が「舌は味覚の器であり愛情の触覚」と悟った極意をもって秘食強精からイカモノ談義までを大いに語る。
205101-0

あ-66-2
味　天皇の料理番が語る昭和　秋山徳蔵
半世紀にわたって昭和天皇の台所を預かり、日常の食事と無数の宮中饗宴の料理を司った「天皇の料理番」が自ら綴った一代記。〈解説〉小泉武夫
206066-1

あ-66-3
味の散歩　秋山徳蔵
昭和天皇の料理番を務めた秋山徳蔵が〝食〟にまつわるあれこれを自ら綴る随筆集。「あまから抄」「宮中の正月料理」他を収録。〈解説〉森枝卓士
206142-2

あ-66-4
料理のコツ　秋山徳蔵
高級な食材を使わなくとも少しの工夫で格段に上等な食卓になる――「天皇の料理番」が家庭の料理人に向けて料理の極意を伝授する。〈解説〉福田　浩
206171-2

い-116-1
食べごしらえ　おままごと　石牟礼道子
父がつくったぶえんずし、獅子舞にさしだした鯛の身。土地に根ざした食と四季について、記憶を自在に行き来しながら多彩なことばでつづる。〈解説〉池澤夏樹
205699-2

う-9-4
御馳走帖　内田百閒《ひゃっけん》
朝はミルク、昼はもり蕎麦、夜は山海の珍味に舌鼓をうつ百閒先生の、窮乏時代から知友との会食まで食味の楽しみを綴った名随筆。〈解説〉平山三郎
202693-3

う-9-5
ノラや　内田百閒
ある日行方知れずになった野良猫の子ノラと居つきながらも病死したクルツ。二匹の愛猫にまつわる愛情と機知とに満ちた連作14篇。〈解説〉平山三郎
202784-8

各書目の下段の数字はISBNコードです。978－4－12が省略してあります。

う-9-6
一病息災
内田百閒
持病の発作に恐々としつつも医者の目を盗み麦酒をがぶがぶ……。ご存知百閒先生が、己の病、身体、健康について飄々と綴った随筆を集成したアンソロジー。
204220-9

う-9-7
東京焼盡《しょうじん》
内田百閒
空襲に明け暮れる太平洋戦争末期の日々を、文学の目と現実の目をないまぜつつ綴る日録。詩精神あふれる稀有の東京空襲体験記。
204340-4

う-9-8
恋日記
内田百閒
後に妻となる、親友の妹・清子への恋慕を吐露した恋日記。十六歳の年に書き始められた幻の「恋日記」第一帖ほか、鮮烈で野心的な青年百閒の文学的出発点。
204890-4

う-9-9
恋文
内田百閒
恋の結果は詩になることもありませう——百閒青年が後に妻となる清子に宛てた書簡集。家の反対にも屈せず結婚に至るまでの情熱溢れる恋文五十通。〈解説〉東　直子
204941-3

う-9-10
阿呆の鳥飼
内田百閒
鶯の鳴き方が悪いと気に病み、漱石山房に文鳥を連れて行く……。『ノラや』の著者が小動物たちとの暮らしを綴る掌篇集。〈解説〉角田光代
206258-0

か-2-3
ピカソはほんまに天才か　文学・映画・絵画…
開高　健
ポスター、映画、コマーシャル・フィルム、そして絵画。開高健が一つの時代の類いまれな眼であったことを痛感させるエッセイ42篇。〈解説〉谷沢永一
201813-6

か-2-7
小説家のメニュー
開高　健
ベトナムの戦場でネズミを食い、ブリュッセルの郊外の食堂でチョコレートに驚愕。味の魔力に取り憑かれた作家による世界美味紀行。〈解説〉大岡　玲
204251-3

か-2-6
開高健の文学論
開高　健
抽象論に陥ることなく、徹頭徹尾、作家と作品だけを見つめた文学批評。内外の古典、同時代の作品、そして自作について、縦横に語る文学論。〈解説〉谷沢永一
205328-1

各書目の下段の数字はISBNコードです。978－4－12が省略してあります。

た-15-5
日日雑記 武田百合子
天性の無垢な芸術者が、身辺の出来事や日日の想いを、時には繊細な感性で、時には大胆な発想で、心の赴くままに綴ったエッセイ集。〈解説〉巖谷國士
202796-1

た-15-6
富士日記（上） 武田百合子
夫泰淳と過ごした富士山麓での十三年間の日々を、澄明な目と天性の無垢な心で克明にとらえ天衣無縫な文体でうつし出した日記文学の傑作。田村俊子賞受賞作。
202841-8

た-15-7
富士日記（中） 武田百合子
天性の芸術者である著者が、一瞬一瞬の生を特異な感性でとらえ、また昭和期を代表する質実な生活をあますところなく克明に記録した日記文学の傑作。
202854-8

た-15-8
富士日記（下） 武田百合子
夫武田泰淳の取材旅行に同行したり口述筆記をする傍ら、特異の発想と表現の絶妙なハーモニーで暮らしの中の生を鮮明に浮き彫りにする。〈解説〉水上 勉
202873-9

た-34-5
檀流クッキング 檀 一雄
この地上で、私は買い出しほど好きな仕事はない——という著者は、人も知る文壇随一の名コック。世界中の材料を豪快に生かした傑作92種を紹介する。
204094-6

た-34-4
漂蕩の自由 檀 一雄
韓国から台湾へ。リスボンからパリへ。マラケシュで迷路をさまよい、ニューヨークの木賃宿で安酒を流し込む。「老ヒッピー」こと檀一雄による檀流放浪記。
204249-0

た-34-6
美味放浪記 檀 一雄
著者は美味を求めて放浪し、その土地の人々の知恵と努力を食べる。私達の食生活がいかにひ弱でマンネリ化しているかを痛感せずにはおかぬ剛毅な書。
204356-5

た-34-7
わが百味真髄 檀 一雄
四季三六五日、美味を求めて旅し、実践的料理学に生きた著者が、東西の味くらべはもちろん、その作法と奥義も公開する味覚百態。〈解説〉檀 太郎
204644-3

つ-2-9
辻留 ご馳走ばなし
辻 嘉一
茶懐石の老舗の主人というだけでなく家庭料理の普及につとめてきた料理人が、素材、慣習を中心に、六十余年にわたる体験を通して綴る食味エッセイ。
203561-4

つ-2-12
味覚三昧
辻 嘉一
懐石料理一筋。名代の包宰、故、辻嘉一が、日本中に足を運び、古今の文献を渉猟して美味真味を探究。二百余に及ぶ日本食文化と味を談じた必読の書。
204029-8

つ-2-13
料理心得帳
辻 嘉一
茶懐石「辻留」主人の食説法。ひらめきと勘、盛りつけのセンス、よい食器とは、昔の味と今の味、季節季節の献立と心得を盛り込んだ、百六題の料理嘉言帳。
204493-7

つ-2-14
料理のお手本
辻 嘉一
ダシのとりかた、揚げ物のカンどころ、納豆に豆腐にお茶漬、あらゆる料理のコツと盛り付け、四季のいろどりも豊かな、家庭の料理人へのおくりもの。
204741-9

つ-2-11
辻留・料理のコツ
辻 嘉一
材料の選び方、火加減、手加減、味加減——「辻留」の二代目主人が、料理のコツのコツをやさしく手ほどきする。家庭における日本料理の手引案内書。
205222-2

よ-17-9
酒中日記
吉行淳之介 編
吉行淳之介、北杜夫、開高健、安岡章太郎、瀬戸内晴美、遠藤周作、阿川弘之、結城昌治、近藤啓太郎、生島治郎、水上勉他——作家の酒席をのぞき見る。
204507-1

よ-17-10
また酒中日記
吉行淳之介 編
銀座や赤坂、六本木で飲む仲間との語らい酒、先輩たちと飲む昔を懐かしむ酒——文人たちの酒にまつわる出来事や思いを綴った酒気漂う珠玉のエッセイ集。
204600-9

よ-17-12
贋食物誌《にせしょくもつし》
吉行淳之介
たべものを話の枕にして、豊富な人生経験を自在に語る、洒脱なエッセイ集。本文と絶妙なコントラストを描く山藤章二のイラスト一〇一点を併録する。
205405-9

各書目の下段の数字はＩＳＢＮコードです。978－4－12が省略してあります。

よ-5-8
汽車旅の酒
吉田健一
旅をこよなく愛する文士が美酒と美食を求めて、金沢へ、そして各地へ。ユーモアに満ち、ダンディズムが光る汽車旅エッセイを初集成。〈解説〉長谷川郁夫
206080-7

お-2-10
ゴルフ酒旅
大岡昇平
獅子文六、石原慎太郎ら文士とのゴルフ、一年におよぶ米欧旅行の見聞……。多忙な作家の執筆の合間には、いつも「ゴルフ、酒、旅」があった。〈解説〉宮田毬栄
206224-5

こ-14-1
人生について
小林秀雄
人生いかに生くべきか――この永遠のテーマをめぐって正しく問い、物の奥を見きわめようとする思索の軌跡を辿る代表的文粋。〈解説〉水上　勉
200542-6

う-30-1
「酒」と作家たち
浦西和彦編
『酒』誌に掲載された、川端康成、太宰治ら作家たちとの酒縁を綴った三十八本の名エッセイを収録。酌み交わし、飲み明かした昭和の作家たちの素顔。
205645-9

う-30-2
私の酒　『酒』と作家たちⅡ
浦西和彦編
雑誌『酒』に寄せられた、作家による酒にまつわるエッセイ49本を収録。酒の上での失敗や酒友と過ごした時間、そして別れを綴る。〈解説〉浦西和彦
206316-7

た-28-17
夜の一ぱい
田辺聖子
浦西和彦編
友と、夫と、重ねた杯の数々……。四十余年の長きに亘る酒とのつき合いを綴った、五十五本のエッセイを収録、酩酊必至のオリジナル文庫。〈解説〉浦西和彦
205890-3

ま-17-13
食通知ったかぶり
丸谷才一
美味を訪ねて東奔西走、和漢洋の食を通して博識が舌上に転がすは香気充庖の文明批評。序文に夷齋學人・石川淳、巻末に著者がかつての健啖ぶりを回想。
205284-0

ま-17-14
文学ときどき酒　丸谷才一対談集
丸谷才一
吉田健一、石川淳、里見弴、円地文子、大岡信ら一流の作家・評論家たちと丸谷才一が杯を片手に語り合う。最上の話し言葉に酔う文学の宴。〈解説〉菅野昭正
205500-1